EIN PERRY RHODAN-TASCHENBUCH

ERNST VLCEK

DAS MÄDCHEN VON DEN ASTEROIDEN

VERLAG ARTHUR MOEWIG GMBH, RASTATT

PERRY RHODAN-Taschenbuch
2. Auflage
erscheint monatlich im Verlag Arthur Moewig GmbH, Rastatt

Redaktion: Günter M. Schelwokat
Vertrieb: Erich Pabel Verlag GmbH, Rastatt
Druck und Bindung: Elsnerdruck GmbH, Berlin
Verkaufspreis inklusive gesetzliche Mehrwertsteuer
Unsere Romanserien dürfen in Leihbüchereien nicht verliehen
und nicht zum gewerbsmäßigen Umtausch verwendet werden;
der Wiederverkauf ist verboten.
Alleinvertrieb und Auslieferung in Österreich:
Pressegroßvertrieb Salzburg, Niederalm 300,
A-5081 Anif
Einzel-Nachbestellungen sind zu richten an:
PV PUBLIC VERLAG GmbH, Postfach 51 03 31, 7500 Karlsruhe 51
Lieferung erfolgt bei Vorkasse + DM 3,50 Porto- und Verpackungsanteil
auf Postscheckkonto 852 34-751 Karlsruhe oder per Nachnahme
zum Verkaufspreis plus Porto- und Verpackungsanteil.
Abonnement-Bestellungen sind zu richten an:
PABEL VERLAG GmbH, Postfach 1780, 7550 Rastatt
Lieferung erfolgt zum Verkaufspreis plus ortsüblicher Zustellgebühr
Printed in Germany
Juli 1985
ISBN 3-8118-5315-5

1.

Was für eine entsetzliche Situation!

Über Walty Klacktons Farm auf dem 14. Wega-Planeten Rustoner brauten sich Gewitterwolken zusammen, die den Tag zur Nacht machten. Urplötzlich setzten heftige Winde ein, die bald zu einem Orkan ausarteten. Die Zäune der Tiergehege wurden niedergerissen, die Dächer von den Gebäuden gefegt und ganze Bäume entwurzelt. Nur die häßlichen kinetischen Plastiken, die Hector Fungi seinerzeit überall auf dem Farmgelände aufgestellt hatte, trotzten den Elementen.

Blitze zuckten über den Himmel und schlugen krachend in die Monumente eines verrückten Genies ein. Sie erbebten unter den Energieschauern – und als hätten ihnen die Blitze zu unheimlichem Leben verholfen, setzten sie sich auf einmal in Bewegung. Rasselnd und scheppernd verließen sie ihre Standorte und wälzten sich von allen Seiten auf die Farmgebäude zu. Die USO-Techniker, die gekommen waren, um diese monströsen Gebilde zu demontieren, flohen in panischem Schrecken.

Walty Klackton versuchte verzweifelt, sie an der Flucht zu hindern. Doch Atlan, Regierender Lordadmiral und oberster Befehlshaber der USO, ließ es nicht zu. Der Arkonide, dessen Nase noch immer in den Kubus der Schnupftabakschleuder geklemmt war, ließ seinen ewigen Korporal wechselseitig Liegestütze machen und strammstehen.

So konnte Klackton nicht eingreifen, als *Billy the Kid*, der von ihm fehlprogrammierte Gauchoroboter, vom Orkan hinweggewirbelt wurde, während er die Schlußarie von Rigoletto tremolierte. Und Otto, der ewig schmollende Ottomane, der sich zu einem Felsbrocken getwilzt hatte, rollte einen Hang hinunter, geradewegs auf das Hyperloch zur anderen Welt zu.

Die Killer-Mobile des nach Aspia emigrierten Hector Fungi kamen unaufhaltsam näher. Klackton konnte sich Atlans zwingendem Befehl nicht widersetzen und mußte weiterhin strammstehen. Ohnmächtig mußte er mitansehen, wie aus dem Froschlaich, den er von Aspia mitgebracht hatte, schleimige Monstren und haarige Bestien schlüpften.

Diese stürzten sich augenblicklich auf Annemy Traphunter – seine über alles verehrte Annemy! Und er konnte sich immer noch nicht rühren, stand einfach stramm, und Atlan, der eine Pirouette nach der anderen drehte, dachte nicht daran, ihn rühren zu lassen. Das Ungeheuer, das Annemy zuerst erreichte, raubte ihr einen Kuß und wurde daraufhin zu einem strahlend schönen Jüngling mit Namen Anselm Alabasta, so daß Annemy sich augenblicklich in ihn verliebte. Eng umschlungen gingen sie zu Atlan, der den Ehevertrag aufsetzte und ihn mit den traditionellen Worten besiegelte:

„Wenn es euer freier und unabänderlicher Wille ist, den Bund der Ehe einzugehen, dann sprecht mir folgende Worte nach: Brova-brova!“

„Brova-brova!“ sagten Annemy und Anselm daraufhin wie aus einem Mund, und Klackton klagte: „Bravo! Bravo!“ Hector Fungi erschien und beglückwünschte ihn dazu, daß er seinen lästigen Sprachfehler endlich losgeworden war. Auf die Frage, was er denn hier noch zu suchen habe, antwortete Hector Fungi, daß Aspia doch nicht ganz seinen Vorstellungen entsprochen hätte und er wieder seine, Klacktons, Gastfreundschaft in Anspruch zu nehmen gedenke.

Aber die Killer-Mobile konnte auch er nicht stoppen.

Und so setzten sie ihren Vernichtungsfeldzug fort, bis sie die Farm dem Erdboden gleichgemacht hatten. Erst als Billy the Kid zurückgeflogen kam und die technischen Monstren ordentlich zuritt, erlosch ihr Lebensfunke, und sie erstarrten wieder zu leblosen Monumenten, so daß die USO-Techniker sie demontieren und abtransportieren konnten. Hector Fungi bastelte jedoch schon wieder an neuen Erfindungen. Atlan nieste unaufhörlich, Otto, der Ottomane, wurde in versteinertem Zustand von dem diabolischen Tomber aus dem Hyperloch gerollt, und Annemy flog mit ihrem Gemahl in die Flitterwochen.

Walty Klackton blieb mit Magengeschwüren, zerrütteten Nerven und fieberndem Herzen zurück. Er war das unglücklichste Wesen des Universums. Sein waren alle Qualen dieser Welt.

Mit einem verbitterten „Bravo! Bravo!" schreckte er im Bett hoch. Er wiederholte die letzten Worte in halbwachem Zustand, und diesmal klangen sie eindeutig nach „Brova-brova!"

Er war schweißgebadet und zitterte am ganzen Körper. Das Nachthemd klebte ihm auf der Haut, und seine Nachtmütze hätte man auswringen können. Ungeachtet der akuten Erkältungsgefahr stürzte er zum Schlafzimmerfenster und blickte hinaus.

Er weinte beinahe vor Freude, als er sah, daß noch alle Gebäude standen und die Tiere auf den saftigen Weidehängen grasten. Kein Wölkchen trübte den Himmel, die Luft war scharf und würzig und trug den Geruch des Frühlings ins sich. Ein Blöken und Quaken und Wiehern war zu hören, in das sich das Summen und Zirpen von Insekten und Vogelgesang mischte. Das reinste Idyll.

Alles andere war nur ein Traum gewesen. Aber was für ein schrecklicher Alptraum!

Billy the Kid kam auf seinen durchgebogenen Tentakelbeinen aus Richtung der Stallungen vorbei. Er drehte den Kopf provozierend in eine andere Richtung und wäre vermutlich grußlos an Klackton vorbeigegangen, hätte dieser ihn nicht angesprochen.

„Was für ein strahlender Morgen heute, Billy“, rief er übermütig. Er befand sich in einer Stimmung, in der er alle Welt hätte umarmen können. „Findest du nicht auch?“

„Kann sein“, erwiderte der Gauchoroboter einsilbig.

„He, was ist denn mit dir los?“ fragte Klackton. „Hat dich etwa einer der Gäule abgeworfen?“

„Pah!“ machte Billy the Kid. „Ein Pferd, das mich abwirft, muß erst noch geboren werden. Auf dieser Farm gibt es doch nur lahme Ackergäule. Da haben ja die Grashüpfer noch mehr Temperament.“

„Aber grundsätzlich hast du wieder Spaß am Reiten?“ erkundigte sich Klackton.

„Reiten ist mein Leben“, behauptete Billy, „Nur deine Schindmähren verleiden es mir.“

„Und du hast kein Bedürfnis mehr, Arien zu singen?“

„Wie käme ich dazu?“ sagte der Gauchoroboter beleidigt. „Hast du mich als Roßbändiger oder als Hanswurst programmiert? Na also. Was soll diese Fragerei.“

„Vergiß es wieder, Billy.“

Klacktons Stimmung stieg durch Billys Verhalten, das ihm zeigte, daß er wieder der alte war. Eine Zeitlang hatte sich Billy für einen begnadeten Sänger gehalten und war von dem unheilvollen Wahn besessen gewesen, sein eingebildetes Können bei jeder Gelegenheit lautstark zu beweisen. Die Erinnerung daran verursachte Klackton heute noch Alpträume. Aber zum Glück war diese Phase überwunden. Billy ritt wieder, und es war Klackton noch lieber, daß er ihn gelegentlich mit einem Pferd verwechselte, wenn er sich in seiner Gegenwart vergaß und sich bückte, als wenn er seinen Stimmbändern schaurige Kakophonien abquälte.

Billy entfernte sich. Nach einigen Schritten blieb er stehen und drehte sich um.

„Hat Otto schon mit dir gesprochen, Walty?“ fragte er.

„Nein“, antwortete Klackton und fragte argwöhnisch: „Was gibt es denn zu besprechen?“

„Das soll er dir selbst sagen.“ Mit diesen Worten watschelte Billy the Kid auf seinen zu O-Beinen geformten Tentakeln zur Pferdekoppel hinüber.

Klackton blickte ihm nachdenklich hinterher. Irgend etwas lag in der Luft. Irgend etwas schien auf einmal nicht mehr in Ordnung zu sein. War doch nicht alles nur ein Alptraum ohne Beziehung zur Gegenwart gewesen? In erster Linie war der schreckliche Traum natürlich eine Reflexion seiner Erlebnisse in jüngster Vergangenheit gewesen, und er zeigte ihm, daß er sie noch nicht ganz überwunden hatte.

Die Angst, daß Hector Fungi zurückkommen könnte, um wieder seine verrückten und gefährlichen Experimente aufzunehmen, war jedoch unbegründet. Nichts auf der Farm erinnerte mehr an sein Treiben, mit dem er den ganzen Planeten in Angst und Schrecken versetzt hatte.

Die monströsen Gebilde, die er zu Dutzenden rings um die Farm errichtet hatte und die die Landschaft verschandelten, waren inzwischen längst schon von den USO-Spezialisten abtransportiert worden. Die Natur hatte sich wieder erholt.

Klackton konnte sich wieder voll und ganz der Zucht von Pferden und Schafen widmen, ohne um deren Sicherheit bangen zu müssen. Und er konnte sich wieder am Quaken der Riesenfrösche erfreuen, das er lange Zeit hatte vermissen müssen, da alle seine geliebten Tierchen durch den Hyptertunnel nach Aspia, dem Planeten des tausendjährigen Krieges, entführt worden waren. Aber aus dem Froschlaich, den er von dort zurückgebracht hatte, war inzwischen eine neue Generation von Riesenfröschen herangewachsen, so daß der frühere Zustand wiederhergestellt war.

Es war alles wieder wie in alten Zeiten.

Alles? Wirklich alles?

Klackton grübelte nicht weiter darüber nach. Wenn es irgend etwas gab, das nicht in das Idyll seiner heilen Welt paßte, dann war es ohnehin besser, sich nicht damit zu belasten.

Nur nicht unterkriegen lassen, das war die richtige Einstellung. Der Alptraum war vergessen, frohen Mutes begann er sein Tagewerk.

Er erfrischte sich unter der Dusche, kleidete sich an und bereitete sich das Frühstück. Nachdem er sich gestärkt hatte, machte er in gehobener Stimmung seinen morgendlichen Rundgang auf der Farm, kontrollierte die Schafschurmaschinen, die automatischen Futterkrippen und die Tierquäler-Fallen und plauderte mit seinen vierbeinigen Freunden. Das alles nahm ihn volle drei Stunden in Anspruch, denn er machte zwischendurch unfreiwillige Morgengymnastik. Klackton sah danach ziemlich mitgenommen und erschöpft aus.

„Ein schöner Tag, heute", sagte er zu Otto, der sich zu ihm gesellte, als er sich auf der Bank vor dem Hauptgebäude von den morgendlichen Strapazen ausruhte.

Das weiße Pelzwesen mit dem mürrisch wirkenden Mopsgesicht verscheuchte einen fetten Riesenfrosch, der es sich neben Klackton gemütlich gemacht hatte, und nahm seinen Platz ein.

„Du bist gegenüber Billy zu gutmütig, Walty", sagte Otto mit leichtem Vorwurf. „Ich habe dich beobachtet, als du dich in seiner Gegenwart bücktest, und habe getwilzt, daß du es absichtlich getan hast. Du ruinierst dich noch, wenn du dich jeden Morgen dreimal um die Farm jagen läßt."

Klackton lächelte zu diesen Vorwürfen nur.

„Und warum mußtest du den Fehler in der Schafschurmaschine unbedingt selbst beheben?" hielt Otto ihm weiter vor. „Mich hätte das nur einen Twilz gekostest, dich dagegen beinahe dein Fell. Warum bist du nur so stur?"

„Selbst ist der Mann", meinte Klackton lächelnd.

„Das sind große Worte für einen, der nicht einmal fähig ist, sich ordentlich anzuziehen", sagte Otto. „An Stelle der Vier-Hände-Ohrfeigen-Maschine für Froschschenkeldiebe hättest du lieber einen Kleider-Boy konstruieren sollen, der dich vierhändig anzieht, anstatt dich zu verprügeln. Du könntest auch dieses altmodische Drillichgewand gegen eine einfache Kombination vertauschen, wenn du nicht damit zurecht kommst. Trägt man das jetzt eigentlich so – mit der Innenseite nach außen?"

Klackton blickte an sich herunter und stellte fest, daß er den Overall verkehrt herum anhatte.

„Was macht das schon", sagte er leichthin und mit einem entschuldigenden Lächeln. Ein viertelstündiger Kampf mit der heimtückischen Kleidung war auch genug, fand er, und wenn das Ergebnis am Ende nicht ganz den Erwartungen entsprach, dann sollte man es gut sein lassen. Mit entrückter Stimme fuhr er fort: „Ich bin eben wie ich bin. Und hätte ich dich besser erzogen, Otto, dann würdest du es gar nicht wagen, mir eine Standpauke zu halten. Ich bin eben zu gutmütig. Aber deswegen lasse ich mir noch lange nicht die gute Laune verderben."

„Nun, ja, Walty – aber ich muß mit dir reden", sagte Otto zögernd.

Klackton nickte mit geschlossenen Augen und genoß es, daß die Sonnenstrahlen seine fleischige, überhängende Nase kitzelten.

„Billy machte so eine Andeutung. Worum geht es?"

„Ach, nichts weiter", meinte Otto. „Ich weiß nur nicht, wo ich beginnen soll. Die Sache ist etwas heikel. Das heißt, an sich ist nichts dabei, aber ich weiß, daß du in manchen Dingen recht eigen bist, und das macht es für mich etwas schwerer." Otto unterbrach sich und platzte dann heraus: „Wie alt bist du eigentlich, Walty?"

„Gehört das zur Sache?" fragte Klackton überrascht. Er versuchte dahinterzukommen, worauf Otto eigentlich hinauswollte. Hatte er Geburtstag oder Namenstag? Aber nein, das wüßte er doch! Oder gab es sonst irgendeinen Anlaß zum Feiern, der mit seinem Alter in Zusammenhang stand? Etwa sein vierzigjähriges USO-Jubiläum? Nein, soweit war er noch nicht. Und abgesehen davon war Otto nicht so geschmacklos, es ihn feiern zu lassen, daß er seit nahezu vier Jahrzehnten noch immer Korporal war. „Ich bin bald siebenundfünfzig, und das weißt du. Aber was hat mein Alter mit deinem Anliegen zu tun?"

„Nichts, oder fast nichts. Aber irgendwo muß ich ja beginnen, nicht wahr?" sagte Otto und seufzte. „Siebenundfünfzig Jahre", meinte er dann bedeutungsvoll. „Das ist für einen Menschen ein recht reifes Alter. Damit hast du gut ein Drittel deiner Lebenserwartung hinter dir." Er seufzte wieder. „Siebenundfünfzig Jahre – und noch immer allein."

„Ich bin nicht allein", widersprach Klackton und kratzte sich an der Nase, was ein typisches Zeichen für beginnende Nervosität war. „Ich habe dich und Billy, alle meine Tiere und noch andere Freunde. Ich habe mich noch nie einsam gefühlt."

„Ja, du hast uns, aber wir sind kein Ersatz für ... für zwischenmenschliche Beziehungen", sagte Otto und wurde rot. „Du bist ein Mann allein, ohne das entsprechende Gegenstück. Du weißt schon, was ich meine. Hast du dir noch nie überlegt, dich zu verändern?"

Klackton schluckte, und sein Adamsapfel begann hektisch auf und ab zu hüpfen.

„O ja, ich weiß, was du meinst", sagte er mit krächzender Stimme. „Mir ist durchaus klar, worauf du hinauswillst. Aber dieses Thema ist für mich abgeschlossen. Ich will nichts darüber hören. Das habe ich oft und deutlich genug betont. Fang also nicht schon wieder damit an! Wage es ja nicht, diesen Namen auszusprechen."

„Aber ich wollte gar nicht über Annemy mit dir sprechen", sagte Otto unschuldig und twilzte zu spät, daß er schon zu weit gegangen war.

„Und doch hast du es gerade getan!" rief Klackton erregt aus und gestikulierte mit den Armen. „Eine Person solchen Namens existiert für mich nicht mehr. Ich habe ihn aus meinem Gedächtnis gestrichen. Wie oft soll ich dir das noch sagen!"

„Aber mir geht es gar nicht um Annemy", beteuerte Otto und registrierte es mitfühlend, wie Klackton bei Nennung dieses Namens neuerlich zusammenzuckte, als hätte er vom vierhändigen Froschschenkeldiebe-Fasser eine Serie von Links-Rechts-Kombinationen bekommen. „Es ist ohnehin sinnlos, dieser vergebenen Gelegenheit nachzuweinen. Inzwischen ist sie wahrscheinlich längst schon vermählt und befindet sich auf Hochzeitsreise . . ."

„Aufhören!" rief Klackton gequält und hielt sich die Ohren zu. „Kein Wort mehr, oder ich ziehe dir das Fell über die Ohren!"

„Schon gut, Walty", sagte Otto beschwichtigend. „Ich wollte keine alten Wunden aufreißen. Ich finde nur . . ."

Klackton erfuhr vorerst nicht, was Otto fand, denn das Schrillen des Visiphons rettete ihn aus dieser für ihn peinlichen Situation. Er sprang auf, rannte ins Haus und stürzte sich wie ein Ertrinkender, dem man im allerletzten Moment einen Rettungsring zugeworfen hatte, auf das Bild-Sprechgerät. Er tastete ein und meldete sich atemlos.

„Ah", kam eine tiefe, kehlige Stimme aus dem Lautsprecher. „Ah", machte die Stimme wieder, und es klang zufrieden und drohend zugleich. Der Sprecher ließ noch ein drittes Mal ein gedehntes „Ah" förmlich auf der Zunge zergehen, so als sei er gewiß, seinem Gesprächspartner damit psychische Qualen verursachen zu können, was ihn überaus zu befriedigen schien.

Die Stimme gehörte zu einem breiten, großporigen Gesicht, das oben von rötlich schimmerndem, geringeltem Haupthaar und unten von einem wild wuchernden Vollbart aus demselben Material abgegrenzt wurde. Zwischen all dem Haar eingebettet lag ein böse funkelndes Augenpaar, eine breite Nase mit Höcker und ein in anzüglichem Grinsen gekräuselter Mund. Dieser Mund öffnete sich gemächlich und sagte jetzt mit rollendem Akzent:

„Sind wir also an der richtigen Adresse! Das ist gut, sehr gut sogar. Es war gar nicht so schwer, dich zu finden, Bürschchen. Meine Brüder und ich brauchten nur ein wenig herumzufragen und eine ungefähre Beschreibung von dir zu geben, und die Leute wußten sofort, wen wir meinten. Sie nannten uns auf Anhieb deinen Namen, Waldi Kleckson. Jetzt geht es dir an den Kragen, Waldi!"

Hinter dem einen Gesicht tauchten noch zwei weitere auf, die sich nur durch den Grad der Bösartigkeit, die sie ausdrückten, von dem ersten unterschieden. Sonst glichen sie sich wie ein Ei dem anderen.

„Das muß ein Irrtum sein, meine Herren", sagte Klackton eingeschüchtert. Er bekam gelegentlich noch immer Drohbriefe und solche Anrufe, in denen ihm alle möglichen Leute die schlimmsten Beleidigungen an den Kopf warfen, die sich von Hector Fungi geprellt fühlten. Und dieser Kategorie ordnete er auch diesen Anruf zu, weil er sicher zu sein glaubte, sich in keiner anderen Weise schuldig gemacht zu haben. Er räusperte sich und fuhr fort:

„Ich arbeite längst nicht mehr mit Professor Fungi zusammen und fühle mich nicht für seine Vergehen verantwortlich. Was immer Ihnen auch widerfahren ist, Sie können sich mit Ihrer Beschwerde an die USO wenden und an sie Ihre Schadenersatzansprüche stellen. Wenn Sie wollen, gebe ich Ihnen gerne die Adresse des USO-Büros in Aiching ..."

„Wir sind schon an der richtigen Adresse", unterbrach ihn der Anrufer. Dabei drehte er den Kopf zur Seite und wechselte mit seinen beiden Kumpanen einen Blick des stummen Einverständnisses. „Wir wissen, wem wir den Überfall zu verdanken haben und an wem wir uns schadlos halten können."

„Was für ein Überfall?" fragte Klackton verständnislos und begann sich zu kratzen, weil es ihn plötzlich überall am Körper juckte. Der Anrufer machte ihm Angst, obwohl er keine Ahnung hatte, worauf er eigentlich anspielte. „Was immer auch vorgefallen sein mag, ich wasche meine Hände in Unschuld."

Auf dem Bildschirm tauchte ein schwieliger Zeigefinger auf und drohte ihm verspielt.

„Nicht dummstellen, Waldi, damit rettest du deine Nase nicht. Eine Visage wie deine gibt es kein zweitesmal. Ich habe sie mir gut gemerkt. Wir Sternenklaus haben ein gutes Gedächtnis, besonders wenn es darum geht, eine solche Schmach zu rächen, wie du sie uns angetan hast, Waldi. Nur weil wir keine Meuchelmörder sind, wollten wir dich warnen."

„Aber ich habe doch nichts getan!" beteuerte Klackton, der langsam glaubte, daß es sich nur um einen dummen Scherz handelte, den einige Spaßvögel von der USO mit ihm trieben. Er straffte sich und sagte: „Ihr könnt mir keine Angst einjagen!"

„Wollen wir auch gar nicht", sagte der Anrufer. „Wir wollen nur zurückhaben, was du uns geraubt hast – und vielleicht ein bißchen Spaß." Dabei zwinkerte er bedeutungsvoll. Plötzlich verhärteten sich seine Gesichtszüge jedoch, und er fuhr mit unheilvoll erhobener Stimme fort: „Sollte sich jedoch herausstellen, daß du deinem Opfer nahegetreten bist, dann karessieren wir *dich*."

Der Bildschirm wurde dunkel. Klackton stand noch

eine ganze Weile davor und dachte über die Bedeutung des Wortes „karessieren“ nach, das soviel wie „liebkosen“ hieß, jedoch von dem Bärtigen ganz eindeutig gegenteilig gemeint war.

Er schüttelte den Kopf und ging wieder ins Freie. Da hatte sich bestimmt nur jemand einen üblen Scherz mit ihm erlauben wollen.

„Wer war es?“ fragte Otto ihn, als er sich neben das Pelzwesen auf die Bank setzte. „Doch nicht die USO, die deinem Ansuchen um Zuteilung zu einem Todeskommando stattgegeben hat?“

„Nur ein Verrückter“, sagte Klackton.

„Aber sollte sich die USO melden, dann mußt du absagen, Walty“, verlangte Otto. „Versprich mir das. Oder noch besser, zieh deinen Antrag zurück! Es ist lächerlich für einen Mann von siebenundfünfzig Jahren aus unglücklicher Liebe in den Tod gehen zu wollen.“

„Fängst du schon wieder an?“ fragte Klackton ärgerlich. „Ich habe deutlich genug gesagt, daß dieses Thema für mich abgeschlossen ist.“

„Das ist es eben nicht“, widersprach Otto. „Ich will einfach nicht mehr twilzen, wie du dich innerlich wegen Annemy zerfleischt. Es gibt doch noch andere schöne Frauen, die zudem noch viel besser zu dir passen würden. Du brauchst etwas Ablenkung, um auf andere Gedanken zu kommen. Wirf die Scheuklappen ab, reiß die Mauern nieder, die du um dich aufgebaut hast, und blick dich um. Die Welt ist voll von heiratsfähigen Frauen.“

Klackton wollte aufbrausen und Otto gerade in die Schranken weisen, als aus dem Innern des Hauses ein Gepolter kam. Eine helle Stimme begann steinerweichend zu fluchen. Dazwischen rumorte es beängstigend. Dann erstarben diese Geräusche, und trippelnde Schritte näherten sich aus dem Hausinnern der Tür.

„Was . . . was hat das zu bedeuten?“ fragte Klackton mit hüpfendem Adamsapfel.

„Das wollte ich dir die ganze Zeit über erklären“, sagte Otto kleinlaut. „Du hast einen Gast im Hause.“

In der Tür tauchte eine knabenhafte Gestalt mit unverkennbar weiblichen Proportionen auf. Sie streckte sich und jauchzte, und als sie Klackton erblickte, stieß sie einen Freudenschrei aus und sprang ihm auf den Schoß. Offenbar ohne zu merken, daß er sich unter der Berührung wie von einem Paralysestrahl getroffen versteifte, umarmte sie ihn und küßte ihn ab. Dabei sagte sie:

„Walty, mein Retter! Ohne dich wäre ich verloren gewesen. Dafür werde ich dir ewig dankbar sein. Ach, wie ich dich liebe!“

Klackton war vor Schreck und Überraschung zu keiner Bewegung fähig. Aus seinem Gesicht war alle Farbe gewichen, und er starrte benommen ins Leere. Plötzlich erschauerte sein Körper unter einem heftigen Schüttelfrost. Aus seiner Kehle löste sich eine Reihe unverständlicher Laute. Er sprang auf, ohne zu merken, daß das Mädchen auf seinem Schoß dadurch zu Boden geworfen wurde, und begann mit schlenkernden Armen und Beinen zu hüpfen und benahm sich wie ein in Trance befindlicher Derwisch.

„Was hat er denn?“ wunderte sich das Mädchen.

„Die Freude hat ihn einfach übermannt“, sagte Otto, der Ottomane, und machte sich schleunigst aus dem Staub.

2.

„Entschuldigung“, sagte Walty Klackton, nachdem sein Bewegungsdrang wieder abgeflaut war und er die Kontrolle über sich zurückgewonnen hatte. Aber es wäre übertrieben zu sagen, daß er das psychische Gleichgewicht wiedergefunden hatte. Er wußte noch immer nicht recht, was er mit seinen Händen anfangen sollte. Er warf sie in die Luft, verschränkte sie hinter dem Rücken und über der Brust, versuchte, sie in die Taschen seines Overalls zu stecken, was nicht ging, weil er diesen verkehrt anhatte und die Taschen nach außen gestülpt waren, kratzte sich, faßte sich ans Kinn und fuhr sich übers Haar, als wolle er es glattstreichen. Dabei ging er auf und ab und drehte sich um die eigene Achse, verhedderte sich mit den Beinen und stolperte.

„Nicht schon wieder!“ rief das Mädchen erschrocken. „Versuch, deine Freude im Zaum zu halten, Walty.“

„Freude?“ An Klacktons linkem Nasenflügel zuckte ein Nerv. „Ich würde eher sagen, daß mein Verhalten Ausdruck grenzenloser Überraschung ist. Es kam alles zu plötzlich für mich. Ich war völlig unvorbereitet, als Sie auf einmal auftauchten und mich, äh, bedrängten. Ich . . . ich hatte doch keine Ahnung!“

„Was soll das, Walty?“ sagte das Mädchen stirnrunzelnd. „Erinnerst du dich nicht mehr an letzte Nacht?“

Was war letzte Nacht? wollte Klackton fragen. Aber es wurde nichts daraus. Er brachte nur einen unartikulierten Laut hervor, weil ihm auf einmal irgend etwas in der Kehle steckte.

„Stell dich nicht so an, Walty“, sagte das Mädchen leicht ungehalten. „Du benimmst dich richtig albern. Letzte Nacht hast du dich nicht so linkisch angestellt. Da hast du gezeigt, daß du ein ganzer Mann bist.“

Klackton wollte wieder etwas sagen. Aber diesmal kam überhaupt kein Ton über seine Lippen. Sein Mund schnappte nur lautlos auf und zu, bis er ihn mit Hilfe der einen Hand einfach zuklappte.

„Was ist denn nur auf einmal in dich gefahren?“ fragte das Mädchen mit einer Mischung aus Verwunderung und Tadel. „Ich kenne dich nicht wieder. Letzte Nacht . . .“

„Letzte Nacht habe ich im Bett verbracht und keinen Schritt aus dem Hause getan!“ sprudelte es auf einmal aus ihm hervor. Der Bann war gebrochen, er hatte seine Stimme wieder. Jetzt würde er die Sache aufklären.

Es ging nicht an, daß irgendeine dahergelaufene Person ihn einfach nächtlicher Umtriebe mit ihr beschuldigen konnte. Das war ein ganz durchtriebenes Biest, das sich irgendeine Geschichte aus den Fingern sog, um sich bei ihm einzunisten und ihn womöglich auch noch zu erpressen.

Genauso sah sie aus. Ungekämmt und schmuddelig, richtig verlottert. Das blasse Gesicht mit den Sommersprossen schmutzverschmiert, das hellrote Haar zerrauft, so daß es ihr wie ein Heuberg vom Kopf stand. Ihre sowieso saloppe Kleidung war verknittert und zerschlissen und hatte Grasflecken. Ihre Haltung war nicht mehr burschikos zu nennen, sondern war schon provozierend, schamlos regelrecht. Sie hatte eine zu schrille Stimme und dazu noch eine in Klacktons empfindlichem Ohr ordinär klingende Aussprache. Wahrscheinlich war sie von Zuhause ausgerissen und hatte gedacht, bei einem gesetzten älteren Herrn wie ihm Obdach zu finden. Aber nicht bei ihm! Er ließ sich von solchen Nymphchen nicht um den Finger wickeln und schamlos ausnutzen.

„Ist das dein Ernst?" fragte sie und machte dabei ein naiv-staunendes Gesicht. „Erinnerst du dich wirklich nicht? Dann bist du vielleicht ein Somnambule!"

„Davon habe ich bis jetzt noch nichts bemerkt", erwiderte Klackton kühl, fragte sich aber gleichzeitig, ob nicht vielleicht sein para-orientiertes Unterbewußtsein neuerdings dieserart Kapriolen schlug und ihn schlafwandeln ließ. Unsinn, das wüßte er doch! Er straffte sich, um streng und autoritär zu wirken. „Glauben Sie nicht, mich durch solche Andeutungen verwirren zu können. Sagen Sie mir lieber, wie Sie in mein Haus kommen und was Sie hier wollen!"

„Du selbst hast mich hergebracht", sagte sie in einem Ton, als beginne sie langsam selbst an sich zu zweifeln. „Du tauchtest gerade in dem Moment in meinem Zimmer auf, als meine Verfolger eindrangen und mich entführen wollten. Du warst plötzlich da und stelltest dich den Häschern entgegen. Sie lachten dich aus und glaubten, leichtes Spiel mit dir zu haben. Aber du hast ganz schön mit ihnen aufgeräumt. Toll, wie du sie durcheinandergewirbelt hast, Walty!"

„Das habe ich?" wunderte sich Klackton und verglich die Schilderung des Mädchens mit seinem Alptraum. Aber er fand einfach keine Parallelen. „Und was weiter?" fragte er, weil er gespannt war, wie weit sie noch gehen würde.

„Es ging alles sehr schnell", sagte sie. „Du flohst mit mir aus dem Zimmer auf die Straße. Dort verlangtest du, daß ich die Augen schließe. Als ich sie wieder öffnen durfte, waren wir auf dieser Farm. Du brachtest mich ins Haus, hast mir ein Gästezimmer zugewiesen und gewartet, bis ich eingeschlafen bin. Ich weiß nicht mehr, was ich dir alles über mich erzählt habe ..."

„Ich kenne nicht einmal deinen Namen", sagte Klackton, unwillkürlich ebenfalls ins vertrauliche Du verfallend.

„Ich heiße Lela." Sie lächelte, und das ließ sie etwas weniger verkommen und berechnend aussehen. „Ich muß so müde gewesen sein, daß ich mich nicht einmal ausziehen konnte. O Schreck!" rief sie aus, als sie an sich hinunterblickte und erkannte, in welchem Zustand sie sich befand. „Wie sehe ich nur aus! Ich bin ja völlig verdreckt und verschlampt. Was mußt du von mir denken, wenn ich dir so gegenübertrete und tue, als sei weiter nichts dabei. Du erlaubst doch, daß ich mich etwas zurechtmache."

„Das Gästebad ist im ersten Stock", sagte Klackton, der sich überrumpelt vorkam, und schickte sich an, ihr den Weg zu weisen.

„Danke, ich finde mich schon allein zurecht", rief sie und eilte zum Haus. In der Tür blieb sie stehen und drehte sich noch einmal zu ihm um. Sie sagte: „Ehrlich, Walty, du bist heute wie verwandelt. Wenn ich dich nicht so deutlich in Erinnerung hätte, würde ich glauben, du seist heute ein ganz anderer."

Da fiel bei Klackton plötzlich der Groschen. Er wirbelte aufgeregt herum und rief mit sich überschlagender Stimme:

„Otto! Wo steckst du? Ich muß augenblicklich mit dir sprechen!"

Otto war zur Pferdekoppel hinausgegangen und leistete Billy the Kid Gesellschaft. Das schneeweiße Pelzwesen mit dem Mopsgesicht, das durch die Sorgenfalten noch mürrischer wirkte, dachte schon die ganze Zeit über einen Ausweg aus der fatalen Situation nach, in die es sich durch seine Eigenmächtigkeit gebracht hatte.

Der fehlprogrammierte Gauchoroboter lehnte daneben am Zaun, hatte einen Grashalm in die Sprechöffnung geklemmt und philosophierte über die „guten alten Zeiten" aus seiner eingebildeten Erinnerung nach.

„Zu meiner großen Zeit, im Wilden Westen, da gab es noch jede Menge Wildpferde, die selbst für einen Kerl wie mich nicht so leicht zu bändigen waren", sagte der Gauchoroboter sinnierend. „Aber heutzutage gibt es keine Wildpferde mehr. Es gibt nicht einmal jemanden, der sich in einen richtigen Vollbluthengst *twilzen* könnte."

„Kein Interesse", sagte Otto. „Ich habe andere Sorgen."

„Für einen kleinen Twilzer riskierst du eine mächtig große Lippe", sagte Billy gedehnt. „Wetten, daß du mich nicht vor zwanzig Sekunden abwerfen könntest?"

„Gib dir keine Mühe, Billy. Du weißt aus Erfahrung, daß du mich nicht schaffen kannst."

„Diesmal schon. Ich bin groß in Form."

Otto wollte ihm erneut eine Abfuhr erteilen, aber da hörte er plötzlich Klacktons Gezeter.

„Ich twilze dicke Luft", sagte er, glitt geschmeidig vom Zaun und verwandelte sich in ein Pferd.

Billy jauchzte vergnügt auf und schwang sich blitzschnell auf seinen Rücken.

Als Walty Klackton zur Koppel kam, wurde er Zeuge eines wilden Rodeos, das Billy the Kid triumphierend für sich entschied.

„Einundzwanzig, zweiundzwanzig...", zählte der Gauchoroboter die Sekunden mit. Klackton lehnte sich an den Zaun und wartete.

„Fünfunddreißig, sechsunddreißig...", zählte Billy. „Das ist neuer Rekord! Achtunddreißig, neunund..."

Da wurde es dem Gaul zu bunt, und er warf den Gauchoroboter ins Gras. Im nächsten Augenblick verwandelte sich das Pferd zurück in Otto, den Ottomanen.

„Ich habe dich bezwungen, Otto!" rief Billy the Kid euphorisch. „Wußte ich es doch, daß ich heute meinen guten Tag habe."

„Schmonzes", sagte Otto abfällig. „Du hast meine Notsituation ausgenützt. Das ist unfair."

„Willst du eine Revanche?" erkundigte sich Billy the Kid höhnisch.

„Nichts da!" mischte sich Klackton ein und winkte Otto zu sich. „Ich muß mit deinem Rodeopartner Fraktur reden. Hast du denn wirklich geglaubt, Otto, du könntest dich aus der Affäre ziehen, wenn du dich in ein Pferd twilzt?"

„Und ich habe deine Lage nicht ausgenützt!" sagte Billy the Kid im Hintergrund. „Es war trotz allem ein fairer Kampf."

Klackton führte Otto von der Pferdekoppel fort. Er legte ihm die Hand auf die schmale Schulter und fragte einfühlsam:

„Hast du mir nicht ein Geständnis zu machen?"

„Ich? Was für ein Geständnis?" gab sich Otto verwundert.

„Ein Geständnis über das, was du letzte Nacht getrieben hast", sagte Klackton in immer noch überaus freundlichem Ton.

„Ach, das!" sagte Otto leichthin. „Ich wollte schon vorhin mit dir darüber reden, aber es kam dauernd etwas dazwischen. Mein Problem ist immer noch: Wie soll ich beginnen?"

„Nicht schon wieder bei meiner Geburt", bat Klackton. Das sagte er noch mit ruhiger und sanfter Stimme. Aber gleich darauf schrie er los: „Nun sage mir endlich, was du dir bei diesem Schabernack gedacht hast!"

„Das ist kein Schabernack, Walty, wirklich nicht", beteuerte Otto. „Ich wollte dir doch nur helfen."

„Helfen, so?" rief Klackton in gemäßigter Lautstärke, aber immer noch ziemlich aufgebracht. „Du willst mir helfen, indem du mein Aussehen annimmst, nach Aiching twilzt, dort das nächstbeste Mädchen kidnappst und es in mein Haus bringst. Und du glaubst, mir damit einen guten Dienst erwiesen zu haben."

„Die Sache liegt etwas anders, Walty", sagte Otto belehrend.

„Ich höre."

„Sieh mal, Walty, ich weiß doch, wie nahe dir die Sache mit Annemy gegangen ist", begann Otto, aber Klackton fiel ihm sofort ins Wort.

„Fängst du schon wieder damit an! Ich habe dir gesagt, daß diese Person für mich gestorben ist und daß ihr Name in meiner Gegenwart nicht erwähnt werden darf."

„Aber es muß sein", widersprach Otto und ignorierte Klacktons nervöse Zuckungen, mit denen er einen bevorstehenden Nervenzusammenbruch signalisierte. „Damit hat doch alles erst angefangen. Als ich merkte, wie unglücklich du wegen Annemy bist – verzeih, Walty, aber das muß gesagt werden –, als ich twilzte, wie verzweifelt du bist, weil Annemy nun für dich auf ewig verloren ist, da nahm ich mir vor, eine andere Partnerin zu suchen. Ich schickte meinen Twilz über den Planeten aus, doch dauerte es sehr lange, bis ich die geeignete Frau für dich fand. Als sich mein Twilz mit dem von Lela traf, da wußte ich augenblicklich, daß sie die Richtige für dich ist."

„So, das hast du getwilzt", sagte Klackton grollend. „Und wie kamst du auf die Idee, meine Gestalt anzunehmen, Otto?"

„Das ergab sich von selbst", antwortete das Pelzwesen. „Lela war in Bedrängnis, sie befand sich auf der Flucht vor einigen Männern, die sie in das Gefängnis zurückbringen wollten, aus dem sie ausgebrochen war. Wenn ich ihr helfen wollte, mußte ich schnell handeln. Aber in meiner eigenen Gestalt konnte ich ihr nicht gut gegenübertreten, das hätte nur zu Komplikationen geführt. Also twilzte ich mir dein Aussehen, weil sie doch ohnehin für dich bestimmt war. Ist doch ganz logisch, nicht wahr?"

„Sonnenklar", sagte Klackton murrend.

„Du mußt es praktisch sehen, Walty", sagte Otto, der meinte, Klacktons Zurückhaltung dazu nützen zu können, ihn von der Richtigkeit seiner Handlungsweise zu überzeugen. „Als ich dem Mädchen in deiner Gestalt zu Hilfe kam, hat sie sofort Vertrauen zu *dir* gefaßt. Sie himmelt dich an, Walty! Damit habe ich die Vorarbeit geleistet und dir damit das Sprungbrett ins Glück geschaffen. Sie hält *dich* für ihren Retter. Du bist der Held, der ihr zur Freiheit verholfen hat, und bist zum Mann ihrer Träume geworden. Ich habe dir den Weg geebnet, Walty."

„Und du hast dabei keine einzige Sekunde getwilzt, daß ich das Mädchen vielleicht gar nicht haben möchte", sagte Klackton mit erhobener Stimme, die immer lauter wurde. „Daß ich überhaupt kein Interesse daran habe, mich an eine Frau zu binden. In was hast du mich da hineingeritten ..."

„Entschuldige, Walty", mischte sich da Billy the Kid ein, der ihnen lautlos gefolgt war. „Aber *ich* habe *Otto* geritten. Es war ein fairer Kampf, da kann man sagen, was man will."

„An mich hast du dabei wohl überhaupt nicht gedacht", fuhr Klackton unbeirrbar fort. „Du twilzt einfach mit dem nächstbesten Weibsstück an, das du irgendwo aufgelesen hast, und meinst, ich müßte mich damit abfinden. Aber auch meine Gutmütigkeit hat Grenzen, ich mache da nicht mit. Du hast diesen Schlamassel verursacht, jetzt sieh zu, wie du damit fertig wirst. Ich gehe in die Berge und bleibe für ein paar Tage in meiner Jagdhütte. Wenn ich zurückkomme, muß dieses Mädchen verschwunden sein. Ich möchte sie hier nicht mehr sehen. Wie du das machst, ist deine Sache."

„Feigling", murmelte Otto so leise hinter seinem Rükken, daß er es nicht hören konnte.

Klackton drehte sich noch einmal um und rief:

„Du, du hinterhältiger Ehestifter. Du Kuppler!"

Damit wandte er sich endgültig ab und strebte der Scheune zu, in der sein Schweber untergebracht war.

Zurück blieb ein tiefgekränkter Ottomane. Klackton hatte Otto mit seinen Vorhaltungen und Beschimpfungen mitten ins Herz getroffen und seine Gefühle verletzt. Er hatte kein so dickes Fell, daß er diese Beleidigungen hätte einfach schlucken können, vor allem, weil sie von seinem besten und einzigen Freund kamen.

Otto fühlte sich mißverstanden und verstoßen. Er war so deprimiert, daß dieses Leben auf einmal sinnlos für ihn wurde und er keinen anderen Ausweg mehr sah, als sich in einen Felsen zu twilzen. Und als er seine Absichten in die Tat umsetzte und zu einem wie aus gewachsenem Gestein anmutenden Felsbrocken wurde, da tat er es in der Absicht, nie mehr wieder in seine wahre Gestalt zurückzukehren.

Und wenn Walty Klackton noch so sehr bettelte und flehte, er würde massives Urgestein bleiben.

Walty Klackton hatte den Schweber startbereit gemacht und alles Nötige für einen mehrtägigen Aufenthalt in der Wildnis an Bord gebracht. Er wollte schon abfliegen, als ihm zum Glück einfiel, daß er den Schlüssel für die Jagdhütte vergessen hatte.

Er mußte also noch einmal ins Haus zurückkehren. Das gefiel ihm gar nicht, denn damit war die Gefahr verbunden, daß ihm Lela noch im letzten Moment über den Weg lief. Das hätte ihm gerade noch gefehlt! Aber es half alles nichts, er mußte noch einmal in sein Zimmer zurück, um den Schlüssel zu holen.

Er wollte dies jedoch mit der nötigen Vorsicht tun. Immerhin hatte er eine gediegene USO-Ausbildung, und in seinen Adern floß Indianerblut. Diese Mischung sollte genügen, Otto und das Schicksal zu überlisten, die ihm die Versuchung über den Weg geschickt hatten.

Nun, er wollte nicht ungerecht und hartherzig sein. Lela mochte einiges durchgemacht haben und froh sein, ein Dach über dem Kopf gefunden zu haben. Er hätte es nicht über sich gebracht, sie vom Hof zu jagen. Er verglich sie mit einem streunenden Kätzchen, das etwas Wärme und Liebe suchte, und mußte sich eingestehen, daß er einem solchen Tierchen das Asyl auch nicht verwehrt hätte. Sollte Lela ruhig ein paar Tage bleiben, aber er wollte ihr das Feld räumen. Er hatte ein paar Zeilen verfaßt, in der er sie zum Bleiben aufforderte, und in der Küche hinterlegt. Aber er hoffte doch, daß sie nicht mehr da wäre, wenn er von der Jagdhütte zurückkam.

Klackton lugte aus der Scheune und huschte dann, als er keine Spur von dem Mädchen sah, über den Hof zum Hauptgebäude. Er kam an Billy the Kid vorbei, der wütend gegen einen Felsen trat und dabei rief:

„Los, aufgewacht. Ich gebe dir eine zweite Chance, um dir meine Standhaftigkeit zu beweisen. Ich will mir nicht dauernd nachsagen lassen, daß es kein fairer Kampf gewesen sei.“

Was für ein verrückter Gauchoroboter! Solange er sich jedoch nicht für die Inkarnation eines alt-terranischen Opernsängers hielt und er nur den Spleen hatte, gebückte Menschen für Reittiere zu halten, war er noch halbwegs erträglich.

Klackton erreichte den Eingang des Wohnhauses, lauschte auf verräterische Geräusche und betrat es dann mit der größtmöglichen Vorsicht. Es war so still im Haus, daß ihm sein eigenes Atmen verräterisch laut vorkam. Er hoffte inbrünstig, daß sein selbstzerstörerisches Unterbewußtsein ihm keinen Streich spielte und ihn nicht über etwas stolpern oder ihn etwas umstoßen ließ. Er hatte die Tür zu seinem Schlafzimmer schon fast erreicht und hatte berechtigte Hoffnung, daß er auch den letzten Schritt ohne Zwischenfälle überstehen würde.

Doch plötzlich setzte ein infernalisches Gepolter ein, das die Wände wackeln ließ. Das ganze Haus wurde wie von einem Erdbeben erschüttert. Klackton sah aus den Augenwinkeln, daß irgend etwas die Treppe herunterkam. Es stieß mit solcher Wucht gegen ihn, daß er den Halt verlor und mitsamt dem Ding, das ihn mitgerissen hatte, über den Boden rollte.

Als er sich benommen aufrichtete, erkannte er, daß Lela auf ihm lag. Aber sie war so verändert, daß er sie beinahe nicht wiedererkannte. Ohne die Schmutzkruste und in frischen Kleidern sah sie verändert aus.

„Das tut mir aber leid", sagte sie zerknirscht und rappelte sich umständlich auf, wobei sie ihm einmal einen Ellenbogen und dann ein Knie in den Magen bohrte. „Ich habe auf der Treppe plötzlich den Halt verloren und bin in die Tiefe gestürzt."

„Du hättest dir das Genick brechen können", sagte Klackton mit schmerzverzerrtem Gesicht und massierte sich den Unterleib.

„Ja", sagte sie unbekümmert. „Aber zum Glück warst du zur Stelle und hast mich aufgefangen."

„So könnte man auch sagen“, meinte Klackton.

„Du hast wohl geglaubt, ich schlafe, weil du so durchs Haus geschlichen bist“, sagte sie und gab ihm einen kameradschaftlichen Knuff in die Seite, daß ihm schier die Luft wegblieb. „Wie rücksichtsvoll du bist, Walty. Ich liebe dich! Was steht auf dem Programm?“

„Ich ... ich muß fort“, stotterte er. „Ich muß in die Berge, um dort einige dringende Arbeiten zu erledigen. In ein paar Tagen bin ich wieder zurück. Selbstverständlich darfst du solange bleiben, fühl dich nur wie zu Hause. Ich habe eine Nachricht für dich hinterlassen, in der alles Wesentliche steht. Sie liegt in der Küche.“

„O, wie romantisch!“ rief sie überschwenglich und wirbelte in Richtung der Küche davon. „Du besprichst keine Bänder, sondern verfaßt eigenhändig geschriebene Briefe.“

Sie erreichte die Küche, stürzte in ihrem Überschwang über einen im Weg stehenden Stuhl und riß im Fallen den Tisch mit sich, an dem sie sich haltsuchend festgeklammert hatte. Für Klackton kam das so überraschend, daß er nur mit offenem Mund dastand, anstatt ihr behilflich zu sein. Klackton hatte bis zu diesem Augenblick niemanden sonst als sich selbst einer solchen Ungeschicklichkeit für fähig gehalten. Hatte er mit Lela das weibliche Gegenstück für seine Tolpatschigkeit gefunden?

Er fand es fast schon rührend, wie sie mit belämmertem Lächeln auf dem Boden saß und die Folie mit seiner Nachricht schwenkte. Und trotzdem schaffte sie es, dabei eine gute Figur zu machen.

Klackton fand sie sehr anziehend, ausgesprochen hübsch sogar. Ihr hellhäutiges Gesicht mit den vielen Sommersprossen hatte etwas Schalkhaftes. Ihr rotes Haar hatte sie zu einer Phantasiefrisur geformt, die Klackton unwillkürlich in der Form an einen Fragmentraumer der Posbis erinnerte. Sie paßte jedoch ausgezeichnet zu ihr.

Als Lela nun aufstand, stellte Klackton fest, daß sie eine seiner alten USO-Kombinationen trug, die sie durch einige geschickte Veränderung ihren Proportionen angepaßt hatte. Von der Figur her erinnerte sie ihn sehr stark an Annemy ... Aber er verscheuchte diese Erinnerung sofort wieder und verbot es sich selbst, weitere Vergleiche anzustellen.

Lela war eine Frau und gehörte somit jenem Geschlecht an, dessen bloße Existenz er bis zum Ende aller Tage zu ignorieren sich entschlossen hatte.

„Also ...", setzte er zum Abschied für immer an.

„Ich darf bleiben!" rief Lela überglücklich, als sie die ersten Zeilen seines Schreibens überflogen hatte. „Du weißt gar nicht, wie froh es mich macht, daß du mich bei dir aufnimmst, Walty."

„Lies nur weiter", forderte Klackton sie auf. „Es steht alles in dem Brief. Ich muß machen, daß ich fortkomme. Ich möchte noch vor Einbruch der Dunkelheit bei der Jagdhütte sein."

„Eine Jagdhütte in den Bergen, wie romantisch", schwärmte Lela und kam zu ihm. „Ich habe noch nie Berge gesehen. Dort, von wo ich komme, gibt es überhaupt keine Landschaft, keine Pflanzen und nicht einmal einen Himmel wie hier. Ich möchte so gerne die Natur dieser Welt kennenlernen. Ein schöneres Erlebnis könnte ich mir gar nicht vorstellen. Darf ich mitkommen, Walty?"

„Ich fürchte, die Strapazen werden für dich zu groß sein, Lela", wandte er unbehaglich ein. Er brachte es nicht über sich, ihr zu sagen, daß er sie nicht in seiner Nähe haben wollte. Das war gar nicht mehr persönlich gemeint. Er wollte nur von Frauen nichts mehr wissen. Er *haßte* sie alle, diese treulosen und wankelmütigen Geschöpfe.

„Ich bin an Strapazen gewöhnt", versuchte sie seine

Bedenken zu zerstreuen. „Meine Flucht von den Felix-Asteroiden nach Rustoner war viel beschwerlicher als jede Bergtour. Bitte, Walty, du darfst mir diesen Wunsch nicht abschlagen. Ich möchte mich nicht von dir trennen müssen. Wann fliegen wir los?"

Er konnte nicht nein sagen. Aber in seinem Kopf begann ein Plan zu reifen, wie er sich ihrer dennoch elegant entledigen konnte.

„Wir können sofort starten", sagte er und mußte daraufhin einen Freudenausbruch über sich ergehen lassen, bei dem er echte Todesangst ausstand.

3.

„Das muß die Farm sein", sagte Kryolith, vulgo Na3AIF6, und ging mit dem Beiboot etwas tiefer.

„Sieht mir verlassen aus", stellte Löllingit fest, während er mit verkniffenen Augen den Bildschirm betrachtete. „Ich kann nur drei verschiedene Tierarten ausmachen: Große Vierbeiner mit glattem Fell, kleinere Vierbeiner mit dichtem Pelz und buntgescheckte Hüpfer. Aber nirgends ist ein Mensch."

„Waldi wird das Weite gesucht haben", meinte Anhydrit und warf seinem Bruder einen vorwurfsvollen Blick zu. „Du hättest ihn nicht warnen dürfen, Kryo. Soll ich die Bildschirmvergrößerung einschalten?"

Er wartete nicht erst die Bestätigung ab, sondern führte den Vorschlag auch ohne die Einwilligung eines seiner beiden Brüder aus.

„Ich mußte mir doch erst einmal Gewißheit verschaffen", rechtfertigte sich Kryolith, der älteste der drei Sternenklau-Brüder. „Keine Bange, dieser Wüstling entkommt uns nicht."

„Da, ein Roboter!" rief Löllingit aus und deutete auf den Bildschirm. „Das muß einer der von Waldi konstruierten Gauchos sein. Die Beschreibung paßt haargenau. Hier sind wir richtig!"

Anhydrit bannte den Roboter auf der Bildmitte fest und ließ von der automatischen Kamera seinen Weg über die Wiese verfolgen. Der Roboter begab sich zu einem der größeren Vierbeiner, schwang sich auf dessen Rücken und ritt mit ihm los. Er blickte dabei nicht einmal nach oben, um nach dem fremden Flugobjekt Ausschau zu halten.

„Das gefällt mir nicht“, sagte Löllingit. „Warum schlägt niemand Alarm? Wieso bricht keine Panik aus? Warum flieht niemand vor uns? Ich empfinde es direkt als Beleidigung, daß uns hier niemand fürchtet.“

„Wir werden sie schon das Fürchten lehren“, sagte Kryolith grollend und ging mit dem Beiboot in einer Spiralbahn tiefer. Er steuerte geradewegs auf den Hof zwischen den Gebäuden zu, über den einer der Gauchoroboter einen recht ansehnlichen Felsbrocken rollte. Auch dieser Roboter war so in seine Tätigkeit vertieft, daß er das sich auf ihn herabsenkende Flugobjekt nicht merkte.

Kryolith nahm keine Rücksicht auf die Maschine, er hatte nichts für Roboter übrig, und er hätte den robotischen Steineroller glatt unter den Prallfeldern des landenden Beiboots zerquetscht, wäre dieser nicht rechtzeitig von der Landebahn gegangen. Er schien immer noch nicht bemerkt zu haben, daß knapp hinter ihm ein Springer-Beiboot mit heulenden Bremsdüsen aufgesetzt hatte. Nachdem das Heulen der Landeraketen abgeklungen war und Kryolith die Außenmikrophone eingeschaltet hatte, hörten sie den Roboter sprechen.

„Warum bist du nur so eine beleidigte Leberwurst, Otto“, sagte der tentakelbeinige und spinnenarmige Roboter zu dem Felsbrocken. „Aber ich kriege dich schon weich. Ich werde dich den Hang hinaufbringen und von dort herunterrollen lassen. Und wenn dich das nicht mürbe macht, werde ich diesen Vorgang solange wiederholen, bis es dir zu dumm wird.“

„Seltsam, die Steine scheinen hier alle einen Namen zu haben“, meinte Anhydrit. „Das gefällt mir gar nicht. Irgend etwas stimmt hier nicht. Und noch immer keine Menschenseele zu sehen.“

„Warum sollen sie den Steinen nicht Namen geben“, sagte Löllingit, der keine besondere geistige Leuchte war. „Wir wurden schließlich auch nach Mineralien benannt. Anderswo gibt man halt den Steinen menschliche Namen.“

„Das klingt logisch“, sagte Anhydrit, der geistig womöglich noch unbedarfter als sein jüngerer Bruder war. „Aber diese Ruhe behagt mir trotzdem nicht. Ich wette, daß unser Vogel ausgeflogen ist.“

„Wir werden schon noch herausfinden, wohin er geflogen ist“, sagte Kryolith siegessicher und zog seinen Umhang fester. „Steigen wir erst einmal aus.“

Er öffnete die Luftschleuse durch einen Knopfdruck, ergriff seinen schweren Strahler und verließ das panzerplastverglaste Cockpit. Als er in den kurzen Korridor kam, war das Außenschott bereits nach oben geklappt. Mit entsichertem Strahler stieg er über die kurze Treppe ins Freie. Auf dem Farmhof rührte sich noch immer nichts.

Der Roboter hatte einen Hügel erreicht und rollte den Felsbrocken nun unter großer Mühe hinan.

Kryolith wandte sich dem verlassen wirkenden Wohngebäude zu. Dort regte sich auf einmal etwas. Er gab seinen Brüdern, die ihm mit wehenden Umhängen und schußbereiten Waffen gefolgt waren, ein Zeichen still zu sein und lauschte. Vom Eingang des Wohngebäudes erklang ein verräterisches Tapsen. Irgendwer schlich den Flur des Hauses entlang.

Die drei Sternenklau-Brüder gingen in Deckung und richteten die Strahler auf den Hauseingang. Plötzlich sprang eine langgestreckte Gestalt heraus und quakte dabei unbekümmert.

„Nicht schießen!" rief Kryolith und entspannte sich. „Das ist nur einer der Hüpfer."

„Schade", sagte Löllingit. „Mir wäre Waldi lieber gewesen."

„Wir kriegen ihn schon noch", versicherte Kryolith. „Ich bin nicht umsonst durch die halbe Galaxis gejagt. Nicht mehr lange, dann geht es heimwärts."

„Und Lela nehmen wir mit", fügte Anhydrit hinzu. „Aber ich hätte gute Lust, ihr vorher das Hinterteil zu versohlen."

„Vergiß dich nicht, Bruder!" ermahnte Löllingit ihn. „Sie ist immerhin die Nullipara. Wenn es dich in den Fingern juckt, dann kannst du dich an Waldi abreagieren."

„Aber wo ist dieser Windhund!" rief Anhydrit zornig.

„Wir schnappen ihn schon noch", sagte Kryolith stereotyp und blickte sich suchend um. Langsam machte die Ruhe auch ihn nervös. „Anhy, du durchsuchst das Hauptgebäude. Aber laß dich auf nichts ein. Wenn dir einer in die Quere kommt, dann schlag zu und frage erst danach. Du, Lölle, machst dich auf die Durchsuchung der Nebengebäude. Ich warte hier und nehme jeden in Empfang, der sich aus dem Staub zu machen versucht."

Seine beiden jüngeren Brüder entfernten sich mit wehenden Umhängen jeder in eine andere Richtung. Ein uneingeweihter Beobachter hätte sich zweifellos gewundert, warum sich ihre buntgemusterten Umhänge trotz der Windstille derart heftig bewegten, aber hinter die Wahrheit wäre er bestimmt nicht gekommen.

Kryolith ging wachsamen Auges auf dem Hof auf und ab. Ihm entging nichts. Er vermerkte es sogar, daß der Roboter inzwischen den Felsbrocken auf eine Hügelkuppe hinaufgerollt hatte und nun offenbar auf ihn einsprach. Verrückt dieser Roboter, total verrückt! Aber das waren sie schließlich alle. Er wußte schon, warum er von diesen sogenannten Denkmaschinen nichts hielt.

Sonst tat sich nichts auf der Farm. Er hörte Lölle in einem der Nebengebäude rumoren. Aus dem Hauptgebäude drang kein Geräusch. Es sah tatsächlich so aus, als hätte sich Waldi Kleckson aus dem Staub gemacht. Das würde die Angelegenheit zwar etwas hinauszögern, aber Kryolith war trotzdem zuversichtlich. Sie standen knapp vor dem Ziel, die Jagd war bald zu Ende.

Innerlich verwünschte er Lela. Laut hätte er nicht über sie zu schimpfen gewagt. Immerhin war sie eine Karyatide und besaß als solche einen besonderen Status. Aber darüberhinaus war sie auch noch die Nullipara. Sie bekleidete das höchste von einer Frau erreichbare Amt und stand somit über allen anderen Karyatiden. Ohne Lela waren die anderen nicht handlungsfähig. Lela brachte durch ihre Flucht den gesamten Lebenszyklus in den Felix-Asteroiden durcheinander. Ohne sie war der bevorstehende Gezeitenwechsel undenkbar, es mußte zur Katastrophe kommen ...

„Verdammtes Miststück!“ entfuhr es ihm. Die Strafe für diese Unachtsamkeit folgte auf dem Fuß. Sein in allen Farben schillernder Umhang versetzte ihm einen elektrischen Schlag, daß ihm Hören und Sehen verging.

„Es tut mir leid“, entschuldigte sich Kryolith. „Das ist mir nur so herausgerutscht. Aber wer kann es mir verdenken, daß ich wütend auf meine Nichte bin. Ihretwegen mußten wir diese Hetzjagd durch die Galaxis veranstalten.“

Nun, er hatte seinen Ärger halbwegs an diesem Forscher abreagiert, der Lela diese Flausen in den Kopf gesetzt und ihr zur Flucht verholfen hatte. Wie hieß er noch? Kryolith hatte ein schlechtes Namensgedächtnis und wußte nur noch, daß der Name von Lelas Entführer etwas mit seinem Beruf – er war Archäologe – zu tun hatte und ihn, Kryolith, an ein einsames Kleinkind erinnerte. Er hieß natürlich nicht wirklich *Einsames Kleinkind,* sondern Kryolith verwendete diesen Begriff nur als Gedächtnishilfe. Er kam einfach nicht dahinter, wie dieser Kerl hieß, der bei den Felix-Asteroiden Ausgrabungen machen wollte und Lela als lebendes Studienobjekt mitgenommen hatte.

Es war im Grunde auch egal. Jedenfalls hatten Kryolith und seine Brüder ihn bis in dieses Sonnensystem verfolgt und ihn auf dem 14. Planeten aufgestöbert. Es hatte nicht viel dazu gehört, ihn zum Sprechen zu bringen und Lelas Versteck zu erfahren. Als sie jedoch in das Haus kamen, in dem Lela ein Apartment bewohnte, stellte sich ihnen plötzlich diese Witzfigur mit der Nase entgegen, dieser Waldi. Irgendwie ... Klecks! Kleckson. Jawohl, Waldi Kleckson. Er hatte nicht den Eindruck gemacht, als sei er ein ernstzunehmendes Hindernis. Aber wie sich herausstellte, hatten sie Waldi unterschätzt, denn ehe sie sich's versahen, war Lela mit ihrem neuen Verehrer auf und davon.

Wenigstens war es nicht schwer gewesen, den Unterschlupf dieses Wüstlings zu eruieren. Aber nun waren sie hier, und es schien, daß dieser Kleckson mitsamt Lela ausgerissen war.

Kryolith wurde aus seinen Überlegungen gerissen, als plötzlich der Boden wie bei einer Planetoidenkollision erbebte. Er wirbelte mit schußbereiter Waffe herum und sah, daß das Gepolter von dem Felsbrocken verursacht wurde, den der Roboter den Hang hinunterrollen ließ.

Kryoliths Brüder kamen ins Freie gestürmt und nahmen Gefechtsstellung ein.

„Nur ruhig Blut, FeAs2 und CaSO4", beschwichtigte Kryolith seine aufgebrachten Brüder. „Das hat nichts weiter zu bedeuten. Der Robot hat bloß den Felsen rollen lassen. Geht wieder an die Arbeit."

„Ich mag es nicht, wenn du mich ständig bei der Formel nennst, Bruderherz", beschwerte sich Löllingit.

„Es hat keinen Zweck, das Haus weiter zu durchsuchen“, erklärte Anhydrit. „Ich habe es vom Dachstuhl bis in den Keller genau unter die Lupe genommen, aber keine Menschenseele gefunden. Da sind nur diese lästigen Hüpfer.“

„In den Nebengebäuden sieht es ebenso aus“, berichtete Löllingit. „Da sind auch bloß Tiere und Roboter untergebracht. Letztere haben mich an ihren Vormann Billy verwiesen. Sie sagten, daß er oder der Felsen mit Namen Otto stets über Waldis Aufenthalt Bescheid wüßten. Billy heißt der Robot, der mit dem Otto-Felsen spielt. Wir könnten ihn mal fragen.“

„Waldi würde ich lieber befragen“, sagte Anhydrit und schlug mit der Faust in die hohle Hand. „Einen verrückten Roboter in die Mangel zu nehmen, macht keinen Spaß. Kundschaften wie dieser Atlal Babil sind mir da ungleich lieber.“

„Das ist sein Name!“ rief Kryolith erleichtert aus. Als er die verständnislosen Blicke seiner Brüder sah, erklärte er ihnen: „Ich zerbreche mir schon die ganze Zeit über den Kopf, wie dieser Forscher geheißen haben könnte, der Lela entführte.“

„Atlal Babil natürlich“, sagten Anhydrit und Löllingit wie aus einem Mund.

„Ich wäre ganz sicher von selbst darauf gekommen“, behauptete Kryolith. „Ich wußte, daß er nicht *Einsames Kleinkind* heißt und auch nicht Lone Baby, was in einer alt-terranischen Umgangssprache etwa dasselbe bedeutet. Mir war nur klar, daß es ein Name aus einer noch älteren terranischen Sprache war, der dasselbe wie ein ähnlich klingendes Wort bedeutet. Atlal Babil ist ein anderer Name für Babylon, und wenn man die letzte Silbe zuerst nimmt, dann hat man Lone Baby, was eben Einsames Kleinkind heißt. Das bestätigt mir, daß meine Methode der Gedächtnishilfe zuverlässig ist.“

„Laß es gut sein, Kryolith“, sagte Anhydrit. „Was ist, nehmen wir uns diesen Billy-Roboter vor?“

„Ein Versuch kann nicht schaden“, meinte Kryolith und wandte sich um. Er erblickte den Gauchoroboter auf halber Höhe des Hügels, wie er sich gerade wieder damit abmühte, den Felsen hinaufzurollen. Kryolith setzte sich auf ihn zu in Bewegung.

„Aber seien wir vorsichtig“, sagte Löllingit, während er seinen Brüdern folgte. „Die anderen Roboter haben mich vor Billy gewarnt. Sie sagten, daß er eine Macke habe.“

„Na, das sieht wohl ein Blinder“, sagte Kryolith lachend. „Welcher normale Roboter würde schon einen Felsen einen Berg hochschleppen, nur um ihn dann wieder herunterrollen zu lassen.“

„Das meinten sie gar nicht“, erwiderte Löllingit. „Die Roboter sagten, daß ihr Vormann Intelligenzwesen gelegentlich als Reittiere benützt.“

„Das soll er einmal mit uns versuchen!“ sagte Kryolith unheilvoll, und dabei versteifte sich sein Umhang und stellte sich waagrecht.

Sie stiegen den Hügel hinauf und holten den Gauchoroboter einige Meter vor der Kuppe ein.

„Können wir dir helfen, Billy?“ erbot sich Kryolith und packte unaufgefordert mit an. „Wie kommst du eigentlich dazu, diese Arbeit allein zu verrichten?“

„Ich habe sie freiwillig auf mich genommen“, antwortete Billy. „Aber ich bin für jede Hilfe dankbar.“

Er blickte zur Seite und erblickte drei muskulöse Gestalten mit stämmigen Armen und Beinen und kräftigen Rücken. Vor allem diese breiten Rücken sprangen ihm in die Optik. Irgend etwas klickte in ihm und verursachte einen positronischen Blackout.

„Du bist natürlich für solche Schwerarbeit nicht geschaffen, Billy“, sagte der eine Rückenbesitzer zu ihm und legte sich mächtig ins Zeug. Dabei drückte er seinen Rücken einladend durch. Billy entging es auch nicht, daß er sogar gesattelt war. Das heißt, er trug keinen richtigen Sattel, aber immerhin eine Art Schabrakke.

„Siehst du, mit unserer Hilfe geht es gleich besser", sagte der andere Gesattelte. „Überlaß den Felsen nur ruhig uns."

„Ja", sagte der dritte, ein temperamentvoller Fuchs, wie Billy wohlgefällig feststellte, „ruh du dich inzwischen aus, bis wir den Brocken ans Ziel gebracht haben."

Billy ließ sich das nicht zweimal sagen. Er überließ Otto einfach seinen drei Helfern und tat zwei Schritte zur Seite. Als er die breiten Rücken plötzlich so einladend vor sich hatte, da konnte er nicht widerstehen.

Mit einem übermütigen „Yiiippeeeaaahhh!" schwang er sich auf das ihm am nächsten stehende Opfer und schlang seine Tentakelbeine gnadenlos um seine Mitte. Aber da erlebte der fehlprogrammierte Gauchoroboter eine herbe Überraschung. Von der Schabracke, die ein Muster wie ein Schmetterlingsflügel hatte, schlug eine unsichtbare Kraft auf ihn über und verursachte einen Kurzschluß in ihm. Die Folge davon war, daß er die Kontrolle verlor und in hohem Bogen davongeschleudert wurde.

Kryolith, den Billy zu reiten versucht hatte, ließ vor Überraschung den Felsen los und drehte sich um. Seine beiden Brüder, die den Zwischenfall nur am Rande mitbekommen hatten, taten es ihm gleich, um die Hände frei zu haben und einer möglichen Gefahr entgegenzutreten.

Dadurch war der zu einem Felsbrocken getwilzte Otto jeglicher Stütze beraubt und rollte, den Gesetzen der Schwerkraft folgend, immer schneller werdend den Hügel hinunter. Die Sternenklau-Brüder waren reaktionsschnell genug, um sich durch Sprünge aus der Sturzbahn retten zu können. Billy dagegen hatte keinerlei Chance.

Gerade als er seinen Flug durch die Luft beendete und auf dem Boden auftraf, kam der Felsbrocken angedonnert und rollte über ihn hinweg.

„Der ist hin", stellte Anhydrit mit Kennerblick fest. „Plattgewalzt und dünn wie eine Eierschale."

Doch das erwies sich als Irrtum.

„Der Robot bewegt sich!" rief Löllingit überrascht aus, als Billys Arme zuckten und er gleich darauf den Kopf hob. „Was für ein Glück, daß der Boden weicher als das Material seines Körpers ist."

Billy schüttelte den Kopf, als wolle er eine Benommenheit vertreiben, stemmte sich mit den Armen vom Boden ab und sprang dann behende auf die Beine. Sein Körpergehäuse hatte nicht einmal eine Schramme abbekommen.

„Bist du unversehrt, Billy?" fragte Kryolith. „Bist du in der Lage, uns einige Fragen zu beantworten? Wenn du uns weiterhilfst, dann schaffen wir nachher den Felsen wieder den Hügel hinauf. Das verspreche ich dir, Billy!"

„Wie haben Sie mich genannt, mein Herr?" erkundigte sich der Gauchoroboter indigniert. Er blickte in die Senke hinunter, wo der Felsbrocken inzwischen zum Stillstand gekommen war, und dann wieder auf die drei Besucher. „Sorgen Sie sich nicht um Dr. Watson, er schafft den Anstieg auch aus eigener Kraft. Sagen Sie mir lieber, worum es geht, meine Herren."

„Es handelt sich um eine Entführung", antwortete Kryolith. „Ein Mädchen, es ist unsere Nichte, das sich vor kurzem noch auf dieser Farm befand, wurde von einem Wüstling verschleppt. Wir möchten nun wissen, wohin."

„Ein Fall von Kidnapping, ganz klar", sagte der Gauchoroboter mit gewichtiger Stimme. „Darauf bin ich spezialisiert. Keine Sorge, meine Herren, der Fall ist schon so gut wie gelöst. Folgen Sie mir bitte in mein

Büro. Aber möchten Sie bitte so höflich sein und mir zuerst einmal Ihre Namen nennen, damit ich weiß, mit wem ich es zu tun habe?"

„Ich bin Na3AIF6, und das sind FeAs2 und CaSO4", stellte Kryolith sich und seine Brüder vor.

„Demnach heißen Sie also Kryolith, Löllingit und Anhydrit", kombinierte der Robot. „Sehr originell. Aber sind das nun Ihre Vor- oder Ihre Zunamen?"

„Wir sind von der Sippe der Sternenklaus", sagte Kryolith.

„Springer also?"

„He, was soll die Fragerei", begehrte Anhydrit auf. „Es genügt doch, wenn du uns das Versteck von Waldi verrätst."

„Waldi?" wiederholte der Gauchoroboter nachdenklich. „Waldi ... Ist das der Hund von Baskerville? Nein, gewiß nicht. Aber das kompliziert den Fall natürlich. Kombiniere, daß vor uns noch einige Gehirnarbeit liegt. Bitte, meine Herren, suchen wir mein Büro auf."

Der Gauchoroboter, der durch den Schlag von Kryoliths Umhang oder durch den Aufprall des getwilzten Felsens in eine neuerliche Identitätskrise geschlittert zu sein schien, stakste zielstrebig den Hügel hinunter. Seine Tentakel waren nun nicht mehr zu O-Beinen geformt, sondern waren durchgestreckt. Er hielt den Körper gerade und hatte den Kopf erhoben, was ihn stolz und würdevoll erscheinen ließ.

Als er an dem Felsbrocken vorbeikam, richtete er an ihn die Aufforderung:

„Auf, Watson! Es gilt wieder einmal, das Verbrechertum zu bekämpfen."

Doch der Felsen rührte sich nicht.

„Warum ärgern wir uns mit diesem verrückten Robot herum", raunte Löllingit seinem ältesten Bruder zu. „Wickeln wir ihn einfach in einen Homophoren und lassen wir ihn darin schmoren, bis er uns Waldis Versteck verrät."

Kryolith winkte ab.

„Hebt euch die Kräfte für das Finale auf. Ich habe das Gefühl, daß wir bei dem Robot mit Geduld eher ans Ziel kommen. Wenn wir auf seinen Spleen eingehen, wird er uns helfen."

„Mir juckt's aber schon jetzt in den Fäusten", beschwerte sich Anhydrit. „Warum lassen wir nicht einfach die KLAUCLAN landen?"

„Geduld", ermahnte ihn Kryolith. „Wir haben es bald geschafft. Wenn auf einmal ein gewaltiges Walzenschiff wie die KLAUCLAN auftaucht, würde das nur Aufsehen erregen. Vergeßt nicht, Rustoner ist eine USO-Bastion."

Sie folgten dem Robot in das Hauptgebäude.

Um diese Jahreszeit war die Bergwelt von Rustoner am allerschönsten. Es war Schneeschmelze, und die Wassermassen suchten sich auf verschlungenen Pfaden ihren Weg über die Hänge. In unzähligen Rinnen, die das übrige Jahr ausgetrocknet waren, stürzten sich die Wassermassen ins Tal. Versteckte Bäche gurgelten, Wasserfälle rauschten, und über allem lag das Zirpen und Summen und Zwitschern der erwachenden Tierwelt. Die Wälder grünten, und an den Ufern der Wasserläufe erblühten die Pflanzen in bunter Vielfalt.

Lela kam aus dem Staunen nicht heraus. Sie nötigte Klackton immer wieder, die Geschwindigkeit des Schwebers zu drosseln, damit sie all die für sie unbekannten Wunder der Natur schauen konnte. Klackton mußte sich eingestehen, daß er irgendwie gerührt war.

„Bei uns gibt es nur lebloses Gestein", sagte Lela etwas wehmütig, nachdem Klackton den Schweber auf der Lichtung hinter seiner Jagdhütte gelandet hatte. Es war bereits dunkel, und so ließ er die Scheinwerfer an, damit sie den Weg zum Eingang der Hütte leichter finden konnten. „Keiner der Felix-Asteroiden ist groß genug, um eine eigene Atmosphäre zu besitzen. Wir müssen im Innern der Planetentrümmer leben und sehen kaum das Licht der Sonne. Bei uns ist alles künstlich. Alles besteht aus Kunststofflegierungen oder aus synthetischen Verbindungen. Selbst unsere Nahrung besteht zum Großteil aus chemischen Produkten."

„So groß ist der Unterschied zur Zivilisation gar nicht", meinte Klackton melancholisch. „Auch bei uns ist fast alles synthetisch."

„Du bildest da eine Ausnahme", sagte Lela bewundernd. „Du lebst noch mit der Natur und verzichtest trotzdem nicht auf die Annehmlichkeiten der Zivilisation. Das ist eine sehr gute Mischung."

„Ja, ich", meinte Klackton. „Ich bin auch ein von allen Seiten belächelter Außenseiter."

„Wie dumm die Menschen sind!"

Lela verließ den Schweber und breitete die Arme aus, als wolle sie die ganze Welt umfangen. Als sie einen Schritt nach vorne tat, stolperte sie über eine Wurzel und landete im Gras. Sie konnte darüber aber lachen. Auch Klackton konnte sich ein Schmunzeln nicht verkneifen. Lelas Tolpatschigkeit bewegte ihn. Manchmal, wenn er sie insgeheim beobachtete, hatte er das Gefühl, sich in einem Spiegel zu sehen. Aber natürlich bewegte sie sich nicht so ungelenk wie er. Ihr Schritt war geschmeidiger, sie stakste nicht, sondern tänzelte, und sie ruderte nicht mit den Armen wie ein Schwimmer auf dem Trockenen, sondern gestikulierte mit Anmut. Selbst wenn sie gegen ein Hindernis rannte oder über ihre eigenen Beine stolperte, so tat sie es mit weiblicher Grazie.

„Warum fragst du mich nicht, weshalb ich davongelaufen bin, Walty?" sagte sie, während sie zur Vorderseite der Hütte gingen.

„Wenn dir danach ist, wirst du es mir schon erzählen", erwiderte er und fingerte mit dem Impulsschlüssel am Schloß herum.

Lela bot ihm lachend an, die Tür für ihn aufzuschließen. Tatsächlich ging es bei ihr schneller, was nicht hieß, daß sie die Tür aufbekam. Ganz und gar nicht, aber sie schaffte etwas, was selbst Klackton in all den Jahren noch nicht gelungen war. Sie brach nämlich den Schlüssel ab, und Klackton besaß kein Duplikat. So kam es, daß sie sich durch ein Fenster Zugang zur Hütte verschaffen mußten.

„Wie romantisch“, kommentierte Lela ihren plumpen Einschleichversuch. Und als sie dann beide jenseits des Fensters auf dem Boden lagen, raubte Lela ihm lachend einen Kuß. Klackton war froh, daß es finster genug war, so daß sie seine Schamesröte nicht sehen konnte. Er rappelte sich schnell auf.

Es gab noch eine Menge zu tun, bevor er daran denken konnte, sich am Feuer des offenen Kamins auszuruhen. Er fand den Schalter und machte Licht. Dann wanderte er durchs Haus und sperrte die Eingangstür von innen auf.

„Vielleicht kannst du dich inzwischen etwas nützlich machen, während ich das Gepäck ins Haus schaffe“, sagte er und eilte zum Schweber hinaus, um für ein paar Minuten ihrer Gegenwart zu fliehen. Sie machte ihn nervös und verleitete ihn dazu, alle seine Grundsätze in punkto Frauen preiszugeben. Er war bereits soweit, seine vorgefaßte Meinung über sie völlig zu revidieren.

Er stand vor einem Problem. Sollte er in der Dunkelheit zur Farm zurückfliegen oder die Nacht mit Lela unter einem Dach verbringen? Beide Möglichkeiten gefielen ihm nicht. Aber für eine davon würde er sich entscheiden müssen.

Zuerst einmal mußte er aber das Gepäck ins Haus schaffen. Eine halbe Stunde später war der Schweber entladen. Durch das Haus zog sich der verlockende Duft von warmen Speisen.

„Ich habe uns rasch etwas zurechtgemacht“, erklärte

Lela, während sie einen dampfenden Topf servierte, dem dieser betörende Duft entstieg.

Klackton wollte wissen, was für ein Gericht das sei, doch Lela meinte, daß sie das nicht so genau sagen könne, weil sie wahllos einige Dosen aufgemacht und den Inhalt verrührt habe.

„Eintopf!“ entschied Klackton grinsend, nachdem er gekostet hatte. Es schmeckte vorzüglich.

Nachdem sie gegessen hatten, machte Klackton Feuer im Kamin. Lela setzte sich neben ihn, und als er nervös von ihr abrücken wollte, hielt sie ihn sanft, aber bestimmt zurück. Klackton wurde heiß und kalt zugleich. Auf der Vorderseite grillte ihn die Hitze des Feuers, von hinten kroch ihm die Eiseskälte den Rücken hinauf und seitlich elektrisierte ihn die Berührung mit Lelas Körper.

„Man sagt, Gegensätze ziehen sich an“, murmelte sie. „Aber wir verstehen uns, obwohl wir einander so ähnlich sind. Macht dich das auch bange, Walty?“

„Ein bißchen schon“, krächzte er und war nicht sicher, ob Lela es überhaupt verstand. Ohne auf seine Äußerung einzugehen, fuhr sie fort:

„Meine Ungeschicklichkeit hat mir immer schwer zu schaffen gemacht. Ich bin eine Sternenklau, Walty, das ist die herrschende Sippe bei den Felix-Asteroiden. Die Sternenklaus sind geschickt und stark, listig und skrupellos. Alle diese Eigenschaften fehlen mir. Ich mußte mir schon als kleines Mädchen immer wieder sagen lassen, daß ich für das rauhe Leben in den Asteroiden nicht geeignet sei. Ich paßte nicht in das Schema, ich machte meinem Clan nur Schande. Was ich anrührte, ging schief.“

„Dasselbe bei mir“, meinte Klackton mitfühlend.

„Meine Familie bemühte sich sehr um mich, aber ich konnte nie die an mich gestellten Anforderungen und die in mich gesetzten Erwartungen erfüllen“, fuhr Lela fort. „Keiner der jungen Männer wollte mich zur Frau haben, weil alle fürchteten, daß meine Kinder so werden könnten wie ich. Und ich bin ja auch wirklich häßlich ...“

„Oho!“ machte Klackton. „Jetzt übertreibst du aber.“

Sie rieb den Kopf dankbar an seiner Schulter.

„Da ich für nichts anderes gut war, schob mich meine Familie in die Priesterinnenschule ab“, sprach Lela weiter. „Nicht daß das eine Demütigung gewesen war, nein, ganz im Gegenteil. Es ist eine Ehre, eine Karyatide zu sein. Man ist überaus geachtet und angesehen, wenn man zu jenen Auserwählten gehört, die den Gezeitentempel tragen. Aber niemand reißt sich um diese Ehre. Es ist eine bekannte Tatsache, daß man eine Tochter nur dann Karyatide werden läßt, wenn sie zu nichts anderem taugt. Und ich war so unfähig, daß ich es bis zur Nullipara brachte.“

Sie schwieg. Und in die Stille hinein sagte Klackton: „Nullipara, das heißt soviel wie *die Frau, die noch nicht geboren hat.*“

„Bei uns ist die Nullipara die Hohepriesterin, die höchstangesehene Frau überhaupt“, sagte Lela. „Aber sie hat keinerlei Rechte, nur Pflichten. Die Nullipara ist in einem goldenen Käfig gefangen, wenn du weißt, was ich meine. Das ist kein Leben für mich, Walty. Ich litt sehr unter der Verantwortung, die auf mir lastete. Als sich mir dann die Chance zur Flucht bot, ergriff ich sie ... Aber ich hätte wissen müssen, daß man die Nullipara nicht so ohne weiteres ziehen läßt. Ich erfreue mich meiner Freiheit noch nicht lange. Seit meiner Flucht sind erst zwei Monate vergangen, und erst vor einer Woche habe ich meinen Fuß auf Rustoner gesetzt. Ich durfte mich nur sieben Tage des freien Lebens auf dieser Welt erfreuen, bis mich meine Verwandten fanden, die mich zuvor schon durch die halbe Galaxis jagten. Sie wollen mich zu den Asteroiden zurückbringen und mich wieder in den goldenen Käfig der Nullipara stecken. Aber ich würde eher sterben, als dorthin zurückzukehren. Laß es nicht zu, Walty. Bitte, hilf mir."

Sie weinte. Zuerst völlig lautlos, dann wimmernd wie ein kleines Kind.

„Ich werde dich beschützen, kleine Lela", flüsterte er ihr zu. „Ich werde verhindern, daß dir irgend jemand etwas Böses antut."

Sie schlief in seinen Armen ein, und er brachte sie ins Gästezimmer und legte sie aufs Bett. Einen Moment zögerte er, doch dann entkleidete er sie und deckte sie zu.

Er mußte lächeln, als er sich daran erinnerte, wie er einmal mit Annemy hierhergekommen war. Damals war er nahe darangewesen, sich zu überwinden und seine Ängste vor der natürlichsten Sache von der Welt zu besiegen. Aber eben nur beinahe; ein Nervenausschlag hatte ihn davor bewahrt. Heute war er dem Schicksal dafür dankbar. Annemy war keine Frau für ihn, sie verdiente sich einen ganzen Mann.

Er warf Lela einen letzten zärtlichen Blick zu, dann kehrte er ins Wohnzimmer zurück und unterhielt das Feuer im Kamin bis tief ins Morgengrauen hinein.

Sie blieben drei Tage und drei Nächte in der Hütte, dann brachen sie auf.

Klackton hatte lange über Lela nachgedacht und fand, daß sie nirgends auf Rustoner vor ihren Verfolgern sicher war. Ihm war längst klar geworden, daß es sich bei den drei Anrufern, die ihm unmißverständlich gedroht hatten, um keine anderen als um Lelas Häscher handeln konnte. Vielleicht hatten sie der Farm bereits einen Besuch abgestattet. Vielleicht aber hatten sie auch von der Jagdhütte erfahren und waren bereits unterwegs hierher.

Er verschwieg Lela seine Befürchtungen, um sie nicht unnötig zu beunruhigen. Aber sie veranlaßten ihn zum sofortigen Aufbruch. Lela vertröstete er damit, daß sie jederzeit hierher zurückkommen könnten, wann immer ihr danach war.

Während des Rückflugs überlegte sich Klackton, ob es nicht klüger wäre, Lela erst einmal in die Hauptstadt zu bringen. Noel Aladin, der Gastronom, den Klackton zur vegetarischen Kost bekehrt hatte, würde sie bestimmt für ein paar Tage bei sich aufnehmen.

Doch als Klackton routinemäßig Funkkontakt mit seiner Farm aufnehmen wollte und sich niemand meldete, da ließ ihn die Sorge um seine Tiere alle Vorsichtsmaßnahmen vergessen. Es mußte etwas Unvorhergesehenes vorgefallen sein, wenn sich weder Otto noch Billy meldeten.

Im Geist sah Klackton seinen furchtbaren Alptraum Wirklichkeit werden. Nur daß es sich bei dem Orkan nicht um ein Naturereignis handelte, sondern um die Kampftruppen der Sternenklaus von den Felix-Asteroiden, die die Farm dem Erdboden gleichmachten und seine armen, hilflosen Tiere abschlachteten.

„Was hast du auf einmal, Walty?" wunderte sich Lela, die seine Verwandlung zu einem zuckenden und zitternden Nervenbündel nicht verstehen konnte.

„Es ist nichts weiter", erwiderte er schlotternd. „Mir ist nur gerade eingefallen, daß ich vergessen habe . . ."

Der Rest ging in einem unverständlichen Gemurmel unter.

Als Klackton die letzten Hügel hinter sich ließ und vor sich das Tal ausgebreitet sah, konnte er für einen Moment aufatmen. Die Gebäude standen noch alle. Die Tiere waren auf der Weide.

Aber dann sah er das gigantische Walzenschiff, das mitten im Wald niedergegangen war und dessen zernarbte Hülle die höchsten Bäume weit überragte. Er brauchte nicht erst den abblätternden Schriftzug zu lesen, der das Walzenschiff als die KLAUCLAN auswies, um zu wissen, was es geschlagen hatte.

Lela schrie auf. Klackton wollte abdrehen und in Richtung Aiching davonfliegen. Aber da heulte der Antrieb auf, die Instrumente spielten verrückt, und der

Schweber ließ sich nicht mehr steuern. Mit gedrosselter Geschwindigkeit und unverändertem Kurs strebte er dem Farmgelände zu.

Lela schrie noch immer. Sie zerrte am Ausstieg und stieß ihn auf. Klackton konnte im letzten Augenblick verhindern, daß sie sich in die Tiefe stürzte. Als er schließlich den Kampf mit ihr gewonnen hatte, setzte der Schweber gerade vor dem Hauptgebäude auf. Selbst als der Antrieb abgewürgt war, hielten die Traktorstrahlen das Gefährt noch sicher fest.

Verwilderte Gestalten tauchten auf, holten Lela und Klackton ins Freie und zerrten sie in verschiedenen Richtungen davon.

Klackton verspürte keinen körperlichen Schmerz. Sein Körper war gegen die Schläge der Männer unempfindlich. Aber Lelas verzweifelte Schreie trafen ihn mitten ins Herz. Wo waren nur Billy und Otto? Der fehlprogrammierte Gauchoroboter und der Twilzer konnten es, wenn sie genügend motiviert waren, gegen eine ganze Armee aufnehmen. Wieso kamen sie ihm nicht zu Hilfe?

Die Männer mit den bunten, wallenden Umhängen brachten ihn ins Haus. Klackton sah noch, wie Lela in einem Beiboot verschwand, das gleich darauf startete. Dann schwanden ihm die Sinne.

Als er wieder zu sich kam, war er völlig abgestumpft. Vor ihm tauchte ein bärtiges Gesicht auf.

„Dein Glück, Waldi, daß die Ärzte der Nullipara ein gutes Attest ausstellen konnten“, sagte der Bärtige, den Klackton als den Anrufer identifizierte, der ihm alle Martern der Hölle versprochen hatte. „Nur der Tatsache, daß die Nullipara unberührt geblieben ist, verdankst du es, daß wir dich am Leben lassen. Und bedanke dich auch bei deinem verrückten Roboter, der vorbildlich mit uns zusammengearbeitet hat.“

Klackton verstand das alles nicht. Er wußte nur, daß man ihm Lela genommen hatte, daß man sie zurück zu den Felix-Asteroiden bringen und wieder in den goldenen Käfig stecken würde. Arme Lela, und er konnte ihr nicht helfen. Er war ein Versager. Er war Schuld an ihrem Schicksal, er ganz alleine.

Die Männer mit den bunt schillernden Umhängen verschwanden. Klackton kauerte wie ein Häufchen Elend da. Er war unfähig, sich auch nur zu rühren. Er nahm die Geräusche um sich nur unterbewußt war, und als ein infernalisches Donnern den Start des großen Walzenschiffs verkündete, konnte das seinen Schmerz auch nicht mehr vertiefen.

Eine schlanke Gestalt tauchte in dem hellen Viereck der Tür auf.

„Du bist der ominöse Waldi?" hörte er eine robotische Stimme erstaunt ausrufen. „Bist wirklich du der Kopf der Kidnapperbande? Ich kann es nicht glauben. Und doch – ein Sherlock Holmes irrt nie!"

Damit verschwand Billy the Kid wieder, der sich auf einmal für die Inkarnation eines legendären terranischen Meisterdetektivs hielt.

Es war still im Haus. Klackton rührte sich noch immer nicht, nur sein Gehirn arbeitete auf Hochtouren. Er würde sich das nicht bieten lassen! Er würde sich erheben und kämpfen!

„Ich hole dich zurück, Lela", murmelte er in die Grabesstille seines Hauses.

Ein Geräusch aus seinem Schlafzimmer schreckte ihn aus seinen Gedanken. Automatisch erhob er sich, begab sich zu dem getarnten Hyperkom und nahm die Nachricht entgegen.

ZENTRALE AN WEISSER RABE. *Gesuch bewilligt. Melden Sie sich zur Auftragserteilung in der Zweigstelle Aiching. Dringend. ENDE.*

Das war die Antwort auf seinen Antrag für die Zuweisung eines Todeskommandos, den er im ersten Schmerz über den Verlust von Annemy gestellt hatte. Man hatte ihm stattgegeben.

Klackton sah das als Fingerzeig des Schicksals.

Jetzt wußte er, wie er Lela zurückholen konnte.

Er raffte alles Nötige zusammen und machte sich auf den Weg zum USO-Kommando in der Hauptstadt.

4.

Sie waren ein bezauberndes Paar. Zwei so schöne Menschen gehörten einfach zusammen. Dieser Meinung waren alle in Quinto-Center, dem Hauptquartier der *United Stars Organisation*, kurz USO genannt. Nein, wirklich, sie waren ein ganz reizendes Paar.

Sie, mittelgroß, zierlich gebaut, aber mit allen Attributen des Weiblichen ausgestattet, hundertprozentig Frau. Und dazu noch klug und intelligent und immer überlegt – und zumeist ihren Kollegen vom starken Geschlecht überlegen. Im Einsatz war sie knallhart und mit großen Nehmerqualitäten ausgestattet. Ihre strahlend blauen Augen konnten zärtlich und verführerisch, aber auch eiskalt blicken, dann schienen sie wie aus Terkonitstahl gegossen.

Im Augenblick zeigte sie ihr strahlendstes Lächeln, denn sie stand knapp vor ihrem mutigsten, zugleich aber auch ihrem schönsten Einsatz: Sie, USO-Leutnant Annemy Traphunter, wollte sich nämlich vermählen.

Ihr Auserwählter war niemand anderer als Anselm Alabasta, einer der bestaussehendsten, mutigsten und erfolgreichsten USO-Spezialisten im zweiten Dezennium des 25. Jahrhunderts.

Anselm Alabasta, USO-Major und Spezialist für besonders knifflige und lebensgefährliche Unternehmen, war fast zwei Meter groß, hatte Schultern fast wie ein Ertruser und eine Siganesentaille – Und Muskeln! Sein Gesicht konnte wie aus Marmor gemeißelt sein. Aber wenn er lächelte, dann wirkte es sanft und weich, und an seinem Kinn bildete sich ganz unvermutet ein Grübchen. Keine Frau konnte diesem Grübchen widerstehen. Jetzt, knapp vor seinem bisher gefährlichsten Einsatz, war dieses Grübchen wieder zu sehen, und die scharenweise zur Trauung erschienene Damenwelt schmolz förmlich dahin.

Fürwahr, ein Paar wie aus der Ehrengalerie eines Heiratsvermittlers!

Ein Raunen ging durch die Reihen der Gäste, als Atlan erschien. Der Arkonide hatte seine Galauniform angezogen, denn er wollte diesem einmaligen Ereignis seinen Tribut zollen. Ihm war bewußt, daß er zwei seiner besten Spezialisten auf den letzten Schritt zu einem gemeinsamen Glück begleiten sollte. Aber wie den beiden Betroffenen war auch ihm klar, daß dies ihr bisher riskantestes Unternehmen sein würde. Beide hatten das Leben voll ausgekostet, aber keiner von beiden hatte sich bisher durch einen Ehevertrag gebunden.

Atlan war, dem Anlaß gemäß, feierlich und ernst. Aber als er an Annemy vorbeikam, warf er ihr einen leicht spöttischen Blick zu, der sie verunsicherte. Als er den Eingang seines Arbeitszimmers erreichte, drehte er sich noch einmal um, und Annemy war, als zwinkere er ihr amüsiert zu. Das machte sie wütend. Sie erinnerte sich noch sehr gut seiner Reaktion, als sie ihm eröffnet hatte, daß sie sich zu verheiraten gedenke, und ihn bat, die Zeremonie vorzunehmen.

„Ich kann es nicht glauben“, hatte er gesagt, „daß Sie die Vormundschaft für Walty Klackton ablegen und sich an einen anderen Mann binden wollen. Ich begrüße diese Verbindung sehr, aber, im Vertrauen, Leutnant Traphunter, ich nehme Ihnen das einfach nicht ab. Ich glaube erst dann, daß Ihre Absichten ernst sind, wenn Sie Ihr Jawort gegeben und Ihre Unterschrift unter den Vertrag gesetzt haben.“

Und diese Zweifel tat er ihr jetzt wieder durch seine Amüsiertheit kund.

„Komm, Anselm, bringen wir es hinter uns“, sagte sie entschlossen und hakte sich bei ihrem Auserwählten unter.

„Ja, machen wir die Angelegenheit perfekt“, sagte Anselm Alabasta im gleichen Ton. Und er drückte ihren eingeklemmten Arm an seinen Körper und führte sie behutsam in Atlans Büro. Die Tür schloß sich hinter ihnen, die Gäste waren ausgesperrt. Sie konnten die Zeremonie auf den Bildschirmen verfolgen. Aber in der Regel verhielt es sich so, daß Atlan vor der Trauung noch einige private Worte an das Brautpaar richtete. Und das ging schließlich niemanden etwas an.

Annemy begann sich unter Atlans Blicken immer ungemütlicher zu fühlen. Es lag etwas darin, entweder ein versteckter Triumpf, oder Schadenfreude oder irgend etwas in dieser Richtung, das sie jedoch nicht richtig deuten konnte.

Atlan schüttelte den Kopf und begann zu kichern.

„Ich hätte es nie für möglich gehalten“, sagte er dabei. „Wie man doch manchmal Menschen verkennt, die man durch und durch zu kennen glaubt. Ehrlich, Major Alabasta, ich hätte es mir nie träumen lassen, daß sie schon in so jungen Jahren zur Ruhe kommen würden. Sind Sie sicher, Ihre Freiheit auch wirklich ausgekostet zu haben?“

„Klar, Sir“, sagte Anselm Alabaster mit seiner tiefen Stimme. „Mit den Frauen ist es wie mit dem Wein. Man verträgt eine gewisse Menge davon, dann hat man genug. Wer sein Glas schneller austrinkt, der kommt eher zu seinem Kater. Ich habe erkannt, daß ich etwas mit Bestand brauche.“

Bei diesen Worten tätschelte er Annemys Hand. Sie mochte seinen rauhen Ton, denn sie wußte, daß keines seiner Worte grob gemeint war.

„Gut gesagt“, meinte Atlan anerkennend und wandte

sich nun Annemy zu. „Auch bei Ihnen, Leutnant Traphunter, hätte ich nie geglaubt, daß Sie so schnell diesen Schritt tun würden – und noch dazu mit einem anderen Mann als Korporal Klackton. Und ich muß zugeben, daß ich bis zuletzt sicher war, daß Sie umfallen würden. Jetzt gibt es wohl kein Zurück mehr."

„Wenn sich Klack-Klacks Mutter nicht mehr um ihren Sohn kümmert, warum sollte ich es dann tun", sagte Annemy giftig.

Anselm, der natürlich wie jeder in Quinto-Center über Walty Klackton Bescheid wußte, lachte auf seine mitreißende Art. Atlan mußte schmunzeln.

„Sehr richtig, Leutnant Traphunter, warum sollen nur immer Sie als Muttterersatz und Kindermädchen für Korporal Klackton herhalten", sagte er. „Es wurde Zeit, daß sich jemand anderer für diese Rolle gefunden hat. So! Können wir jetzt zum offiziellen Teil übergehen?"

„Einen Moment noch, Sir", bat Annemy und beugte sich nach vorne. „Was haben Sie da eben über jemanden gesagt, der meine Rolle übernommen hat?"

„Nun, ganz so ist es nicht", lenkte Atlan mit entschuldigendem Lächeln ein. „Ich glaube, daß Korporal Klackton endlich den Kinderschuhen entwachsen ist und das andere Geschlecht entdeckt hat. Um es kurz zu machen, Korporal Klackton hat sich Hals über Kopf in ein Mädchen verliebt."

„Nein!" rief Anselm Alabasta ungläubig aus. „Unser Klack-Klack, der schreckliche Korporal, verliebt? Das ist ein Ding!"

„Es ist nicht wahr!" behauptete Annemy. „Klack-Klack würde nie ... Nein, das ist einfach unmöglich. Es ist eine Lüge."

„Warum sollte ich Sie belügen?" fragte Atlan.

„Ich weiß nicht ...", stotterte Annemy. „Ich wollte nicht sagen, daß Sie bewußt lügen, Sir. Ich weiß nur, daß das nicht wahr sein kann. Irgend jemand hat Ihnen da falsche Informationen zugespielt. Ich kenne doch Walty."

„Es stellt sich immer wieder heraus, daß man die Menschen doch zu wenig kennt", sagte Atlan weise. „So, ich glaube, jetzt ist es genug. Beenden wir dieses Thema."

Major Alabasta nickte zustimmend. Aber Annemy sagte:

„Noch nicht, Sir. Beantworten Sie mir noch eine Frage. Wer hat behauptet, daß Klackton sich verliebt hat? Und wer ist diese Frau? Wie kam er an sie? Und ... und ..." Sie gestikulierte hilflos, während sie nach den richtigen Worten suchte. „Wie kam es überhaupt dazu? Und wie kann das möglich sein?"

„Das sind eine ganze Menge von Fragen", stellte Atlan fest, und in seinen Augen blitzte es auf. Da war sie schon wieder, diese intrigenhafte Amüsiertheit! „Aber wenn Ihnen Ihre Zeit nicht zu kostbar ist, will ich Ihnen gerne verraten, was ich darüber weiß."

„Ich höre, Sir", sagte Annemy gespannt und verschränkte die Hände ineinander, um das Zittern ihrer Finger zu verbergen.

„Vor einigen Tagen ist ein Mädchen auf Klacktons Farm aufgetaucht und hat um Obdach gebeten", begann Atlan. „Sie wissen ja, welch herzensguter Mensch Korporal Klackton ist, wenn es darum geht, Notleidenden zu helfen. Er kann keiner Fliege etwas zuleide tun, er würde jeden räudigen Köter bei sich aufnehmen, und er wäre nicht in der Lage, einem alten Klepper den Gnadenstoß zu geben. Nur normalen Menschen gegenüber kann er grausam und unbarmherzig sein. Habe ich Ihnen schon erzählt, daß er mich einmal eher hätte umkommen lassen, als einen Riesenfrosch zu schlachten, der meinen Zellaktivator verschluckt hat?"

„Die Geschichte kenne ich bereits, Sir", sagte Annemy ungeduldig. „Erzählen Sie lieber, was weiter passiert ist."

„Korporal Klackton“, fuhr Atlan fort, „hat das Mädchen bei sich aufgenommen und sich so eifrig darum bemüht, sie ihren Kummer vergessen zu machen, bis er sich hoffnungslos in sie verliebte. Nein, Leutnant Traphunter, keinen Einwand, bitte. Es gibt genügend Anzeichen dafür, daß dies Tatsache ist. Klackton verbrachte mit dem Mädchen einige Tage in seiner Hütte in den Bergen, wo er sicherlich Gelegenheit genug für eine intimere Beziehung fand.“

„Das hat noch nichts zu besagen“, warf Annemy ein. „Ich war auch schon mal . . . Aber das gehört nicht hierher. Was passierte weiter?“

„Von jetzt an wird es tragisch“, sagte Atlan. „Das Schicksal war hart zu den Liebenden. Es stellte sich nämlich heraus, daß Lela, so der Name des Mädchens, auf der Flucht war. Sie gehört einer Springer-Sippe an, die irgendwo im Zentrum der Milchstraße auf einem Asteroiden-Schwarm lebt und einem seltsamen Kult huldigt. Sie war dort eine Hohepriesterin und ließ ihr Amt im Stich. Als sie zu Klackton kam, waren ihr die Verfolger bereits auf den Fersen. Es dauerte nicht lange, bis sie sie aufgestöbert hatten und gewaltsam aus Klacktons Armen rissen. Sie nahmen Lela wieder mit zu den Asteroiden und ließen einen völlig gebrochenen Klackton zurück. Das heißt, er muß zwar verzweifelt gewesen sein, aber er dachte nicht daran, sich mit diesem Schicksal abzufinden. Er zögerte nicht lange und flog der Geliebten nach, um sie ihrer Sippe zu entreißen. Wenn das nicht wahre Liebe ist, Leutnant Traphunter!“

Eine Weile herrschte Schweigen zwischen ihnen, dann murmelte Annemy bedrückt:

„Armer, Klack-Klack. Aber eines Tages mußte es ja so kommen.“

„Warum tut er dir denn leid?“ fragte Anselm Alabasta verwundert. „Du solltest lieber froh sein, daß du ihn nun los bist. Wenn er in das Mädel verknallt ist, schadet ihm das doch nichts. Es wird höchste Zeit, daß er sich endlich die Hörner abstößt."

„Was verstehst du denn schon davon", herrschte Annemy ihren Bräutigam an. „Dieses Weibstück wird ihn ins Verderben stürzen. Merkst du denn nicht, daß sie ihm nur den Kopf verdreht hat, um ihn auszunutzen? Sie war auf der Flucht, da war ihr jedes Mittel recht, um vor ihren Verfolgern unterzutauchen. Und Walty, dieser arglose Narr, hat ihr Spiel nicht durchschaut. Ich habe ihm mal einen Abschiedskuß gegeben, und er hat mich sogleich nach dem Hochzeitstermin gefragt. Das versteht er von Liebe!"

„Was regst du dich denn auf", sagte Anselm Alabasta beschwichtigend. „Du tust ja geradeso, als sei ich dafür verantwortlich. Was geht das schließlich uns an. Soll dieser Blödmann doch sehen, wie er selbst zu Rande kommt. Vielleicht ist es aber auch gar nicht so, wie du es darstellst. Das Mädel mag ehrlich in ihn verliebt sein."

„Was weißt du schon von Frauen", rief Annemy zornig. „Du hast keine Ahnung, wozu eine Frau imstande ist, wenn sie es anlegt, ihre Vorteile zu wahren. Und ich sage dir, diesem Miststück von einer Springerin war jedes Mittel recht, um sich ihren Verfolgern zu entziehen. Man muß gar kein solcher Blödmann wie Klack-Klack sein, um darauf hereinzufallen. Du, mit all deinen Muskeln und deinem Schneid, hättest vermutlich auch angebissen. Du hast ja keine Ahnung von Frauen!"

„Das wird mir langsam bewußt", gestand Anselm Alabasta und warf Annemy einen langen, nachdenklichen Blick zu. „Und ich frage mich, worauf ich hereingefallen bin."

„Du kannst ja deinen Entschluß rückgängig machen", sagte Annemy schnippisch. „Solange du deine Unterschrift nicht unter den Vertrag gesetzt hast, kannst du es dir immer noch anders überlegen."

„Tun Sie mir das nicht an", bat Atlan. „Betrachten

wir den Vorfall als ungeschehen. Kann ich jetzt mit der Zeremonie anfangen?"

„Es tut mir leid, Sir", entschuldigte sich Major Alabasta. „Bitte, beginnen Sie, Sir."

Atlan blickte von einem zum anderen, und als von Annemy keine Reaktion erfolgte, schaltete er das Übertragungssystem ein und begann mit dem Trauungszeremoniell.

Atlan brachte die Trauung gekonnt über die Runden und kam zu den alles entscheidenden Schlußworten, bei denen er das Brautpaar bat, sich zu erheben.

„Wenn es euer freier und unabänderlicher Wille ist, den Bund der Ehe einzugehen, dann sprecht mir folgende Worte nach", begann Atlan. Er machte eine Atempause und setzte zur Frage an die Braut an.

Doch da platzte Annemy heraus:

„Brova-brova!"

„Wie, bitte?" erkundigte sich Atlan.

„Was soll das, Annemy?" fragte Anselm Alabasta.

„Tut mir leid", sagte Annemy und blickte hilfesuchend zu ihrem Bräutigam auf. „Aber ich kann einfach nicht. Ich ... ich kann doch Walty nicht im Stich lassen."

Atlan schaltete geistesgegenwärtig die Bildübertragung aus.

In Anselm Alabastas Gesicht arbeitete es. Er stand lange so da, dann wandte er sich Atlan zu, verneigte sich wortlos in seine Richtung und verließ den Raum.

„Den sind Sie für immer los", sagte Atlan, als er mit Annemy allein war.

Sie seufzte, zuckte die Schultern und ließ sich kraftlos auf ihren Platz sinken.

„Was soll ich denn machen?" meinte sie. „Walty ist mein bester Freund. Ich könnte nicht in der Gewißheit, daß er ins Verderben rennt, in die Flitterwochen fahren."

„Sie glauben also, daß es Ihre Pflicht ist, ihm zu den

Felix-Asteroiden im Zentrum der Milchstraße zu folgen", sagte Atlan.

Annemy warf ihm einen vorwurfsvolen Blick zu.

„Tun Sie nicht so scheinheilig, Sir", sagte sie respektlos. „Sie haben es doch darauf abgezielt, mich in dieses Dilemma zu bringen."

„Da tun Sie mir aber unrecht", verteidigte sich Atlan. „Wenn ich das gewollt hätte, hätte ich schwereres Geschütz aufgefahren."

„Was haben Sie mir denn verschwiegen?" fragte Annemy tonlos.

„Zum Beispiel, daß Korporal Klackton um Verwendung bei einem Todeskommando ersucht hat", erklärte Atlan. „Dem Ansuchen wurde auch stattgegeben. Als er an Bord des Schiffes war, das die Mannschaft an den Einsatzort bringen sollte, hat er eine Ein-Mann-Meuterei inszeniert und das Schiff gekapert. In dem letzten Funkspruch, den wir von der ROBINSON bekamen, hieß es, daß Klackton Kurs auf die Felix-Asteroiden genommen habe."

„Du lieber Himmel!" rief Annemy aus.

„Ja." sagte Atlan bekümmert. „Korporal Klackton wird eine gehörige Portion Glück brauchen, um sich heil aus dieser Affäre zu ziehen. Das Kriegsgericht ist ihm gewiß."

Annemy sprang auf und nahm Haltung an, was in ihrem Brautkleid recht komisch aussah.

„Sir, ich bitte Sie", sagte sie in dienstlichem Ton, „mich solange zu beurlauben, bis ich die Angelegenheit mit Korporal Klackton erledigt habe."

„Sie sind bereits beurlaubt", erinnerte Atlan sie. „Mir kann es egal sein, was Sie in Ihrer Freizeit machen. Und wenn Sie lieber einem verliebten Gockel nachlaufen, anstatt selbst Flitterwochen zu machen, dann ist das Ihre Sache. Aber ich könnte Ihnen auch den offiziellen Auftrag geben, die ROBINSON zu suchen und mitsamt dem Schuldigen zurückzubringen."

„Danke, Sir", sagte Annemy und machte eine Kehrtwendung.

Nachdem sie Atlans Büro verlassen hatte, wußte sie nicht so recht, ob sie nicht genau das tat, worauf der schlaue Arkonide im Grunde genommen hingearbeitet hatte. Solche Winkelzüge traute sie dem alten Fuchs durchaus zu.

Man machte es dem Twilzer gewiß nicht leicht, zu seinem Wort zu stehen. Obwohl durch und durch steinharter Fels, war er immer noch ein denkendes und vor allem *fühlendes* Wesen, und das im physischen wie auch im psychischen Sinn. Es gelang ihm nicht einmal als Ich-Gestein, seinen Twilz völlig abzuschalten. Darum, weil er die Vorgänge in nächster Nähe – und das was mit ihm geschah –, einigermaßen mitbekam, wurde seine Geduld auf eine harte Probe gestellt.

Welcher Felsen hatte es denn schon gerne, daß man ihn dauernd einen Hügel hinaufrollte und ihn dann von dessen Kuppe wieder in die Tiefe sausen ließ. Irgendwann platzte schließlich dem tolerantesten Gestein der Kragen! Und dann diese ständigen Anpöbelungen! Mal wurde man bedrängt, sich in einen Vollbluthengst zu verwandeln, dann hieß es wiederum: „Auf, auf, Watson und das galaktische Verbrechertum bekämpft!" Zwischendurch wurde man von allen möglichen fremden Leuten scheel angesehen. Damit nicht genug, mischte sich schließlich noch eine Person ein, die hartnäckiger als alle anderen an den Fels ging.

Diese Person, von der hier die Rede ist; bearbeitete seinen Twilz solange, bis er weich wurde und sich schließlich wieder in seine wahre Gestalt verwandelte.

„Warum wird es einem standhaften Twilzer nur immer so furchtbar schwer gemacht, zu seinem Wort zu stehen", beschwerte sich Otto, ohne dabei Annemy Traphunter anzusehen, obwohl der Vorwurf vor allem an sie ging. „Jedes Individum hat schließlich das Recht auf eine Privatsphäre. Und wenn ich mich in den Schmollwinkel begebe, dann möchte ich dort ungestört sein."

„Tut mir leid, Otto – oder soll ich Watson sagen?" entschuldigte sich Annemy. „Aber es geht um Waltys Leben. Und da aus Billy kein vernünftiges Wort herauszubekommen ist, sah ich keine andere Möglichkeit, als dich zu wecken. Immerhin habe ich von Billy erfahren, was der Grund für dein Schmollen ist. Du hattest wegen dieses Mädchens Streit mit Walty, nicht wahr? Die muß ihm ja ganz schön den Kopf verdreht haben, wenn er ihretwegen seine besten Freunde verstößt."

„Kopf verdreht?" wiederholte Otto. „Aber mitnichten! Es war gerade umgekehrt. Walty schimpfte mich aus, weil ich ihm das Mädchen ins Haus getwilzt habe. Er machte mächtig Stunk und bestand darauf, daß das arme Ding seine Farm wieder verlassen müsse. Was ist denn aus der kleinen Lela geworden?"

„Da hast du dich aber ganz schön vertwilzt", sagte Annemy bissig. „Deine unschuldige kleine Lela ist in Wirklichkeit ein ganz raffiniertes Biest. Sie hat Walty dazu gebracht, daß er für sie ein USO-Schiff gekapert hat und ihr zu den Felix-Asteroiden nachgeflogen ist."

„Das ist schlimm", bekannte Otto. „Demnach ist es den Verfolgern also gelungen, Lelas habhaft zu werden und sie ihrer Bestimmung zurückzuführen. Wie ist das gekommen?"

„Dank Billys tatkräftiger Unterstützung konnten die Springer Walty eine Falle stellen und ihn überwältigen", erklärte Annemy.

„Irren ist menschlich", sagte der Gauchoroboter kleinlaut. „Diese hinterhältigen Kerle gaben sich als Klienten und als Opfer eines Falles von Entführung aus. Der Tatbestand schien klar auf der Hand zu liegen, und ich hatte keinen Grund, ihnen zu mißtrauen. Natürlich habe ich den Fall gelöst, doch ergab es sich zu Waltys Unglück, daß er als Leidtragender auf der

Strecke blieb. Aber so wahr ich ich bin, werde ich auch diesen Fall lösen und der Gerechtigkeit zum Sieg verhelfen. Jetzt, wo Watson wieder wohlauf ist und ich nicht mehr ohne Partner bin, werden wir die wahren Schurken zur Strecke bringen."

„Warum belegt er mich mit diesem seltsamen Namen?" wandte sich Otto an Annemy.

„Seine Programmierung scheint wieder einmal durcheinandergeraten zu sein", erwiderte Annemy. „Soweit ich es erkenne, scheint er sich nun für einen alt-terranischen Meisterdetektiv zu halten, der zusammen mit einem Freund die kniffligsten Fälle löste. Und mit diesem Freund bist du gemeint, Otto."

„Hm", machte Otto. „Ich twilze dunkel, daß ich über ihn hinweggerollt bin. Vielleicht hat dieser Schlag auf seine Speicher die Umprogrammierung verursacht."

„Wie auch immer", sagte Annemy und machte mit einer Handbewegung einen Schlußstrich unter dieses Thema. „Billy kann nichts dafür, daß es schließlich so gekommen ist. Wäre Walty klar bei Verstand gewesen, hätte diese Erfahrung heilsam für ihn sein müssen. Billy trifft keine Schuld. Die wahre Schuldige ist das Mädchen. Und dir, Otto . . ."

„Dr. Watson heißt mit Vornamen John", warf Billy the Kid ein. „Aber ich habe mir angewöhnt, ihn einfach Watson zu nennen."

„Unterbrich mich nicht dauernd, Billy!" herrschte Annemy den Gauchoroboter an. Dieser verlangte jedoch:

„Nenne mich bitte Holmes. Ich mag keine Kosenamen."

Annemy schnappte nach Luft und war nahe daran, den Gauchoroboter einfach abzuschalten. Aber Otto sagte:

„Es wäre vielleicht besser, auf seine Marotte einzugehen, sonst tötet er uns noch den Twilz."

Annemy wandte sich wieder dem Ottomanen zu.

„Und dir, äh, Watson, muß ich den Vorwurf machen, daß du Walty mit diesem Mädchen zusammengebracht hast. Du hättest erkennen müssen, was für ein Weibsteufel das ist."

„Du tust ihr unrecht, Annemy", wagte Otto einzuwenden. „Lela hat einen untadeligen Charakter. Sie ist ganz bestimmt nicht das, wofür du sie hältst. Ich twilze, daß du nur eifersüchtig bist und in ihr eine Nebenbuhlerin siehst, weswegen du kein gutes Haar an ihr läßt. Aber Lela ist schon in Ordnung. Ich glaube immer noch, daß sie die richtige Frau für Walty wäre."

Das hätte Otto besser nicht gesagt.

„Ich und eifersüchtig?" rief Annemy erbost aus. „Das ist doch lächerlich! Walty kann mir gestohlen bleiben. Ich würde ihn nicht einmal nehmen, wenn er der einzige Mann im Universum wäre. Er ist eine Schießbudenfigur! Ein Tolpatsch und Waschlappen, ein Clown! Wenn ich mich trotzdem um ihn kümmere, dann geschieht das höchstens aus Mitleid. Tatsache ist, daß ich von Atlan den Auftrag bekommen habe, das Raumschiff, das Walty gekapert hat, zu beschaffen und ihn selbst vor ein Kriegsgericht zu bringen. Und mein Wort darauf, das werde ich tun!"

Otto twilzte, daß Annemy zumindest teilweise die Wahrheit sprach; er wollte dazu nichts sagen, um sie nicht noch mehr in Wut zu bringen. Er hätte damit womöglich nur erreicht, daß sich ihr Standpunkt verhärtete und sie noch selbst an das glaubte, was sie über ihre Gefühle zu Walty sagte.

„Wollen wir die Diskussion nicht beenden und endlich Taten sprechen lassen?" meldete sich Billy the Kid.

„Das ist das erste vernünftige Wort von dir", sagte Annemy anerkennend, zog sich durch diese Äußerung jedoch den heimlichen Groll des Gauchoroboters zu. „Hier können wir nichts mehr tun. Auf dem Raumhafen von Aiching steht eine Korvette bereit, die uns zu den Felix-Asteroiden bringen wird. Alles weitere können wir an Bord besprechen. Ihr beide werdet mich doch begleiten?“

„Selbstverständlich“, ereiferte sich Billy the Kid. „Das ist ein Fall ganz nach unserem Geschmack. Nicht wahr, Watson?“

„Ich weiß nicht recht“, meinte Otto, der Ottomane, zögernd. „Ich twilze, daß dieses Schiff zwanzig Mann Besatzung hat und daß ein Pelzwesen wie ich unter den USO-Spezialisten einiges Aufsehen erregen wird.“

„Dann twilze dich einfach in deine wahre Gestalt, Watson“, schlug Billy the Kid vor. „Diesen Fall dürfen wir uns einfach nicht entgehen lassen. Ich bin von einer fast schmerzhaften körperlichen Unrast erfüllt, mein Gehirn knistert unter psychischer Anspannung. Alles in mir drängt nach Taten. Worauf wartest du, Watson?“

So kam es, daß in Begleitung Leutnant Traphunters und eines einher stolzierenden Gauchoroboters ein distinguiert aussehender Herr in mittleren Jahren an Bord der WINDPOCKEN ging. Annemy stellte ihn dem Kommandanten als Dr. Watson vor, ohne eine Andeutung über sein Fachgebiet zu machen. Der Kommandant stellte auch keine Fragen, denn er wußte, wie man sich bei geheimen Kommandosachen zu verhalten hatte. Nur als Annemy den seltsam gebauten Roboter als Meisterdetektiv ausgab und den vornehm und unnahbar wirkenden Dr. Watson als dessen Assistenten bezeichnete, begann er sich zu fragen, ob er nicht für ein Irrenkommando mißbraucht würde.

Immerhin war im Zusammenhang mit diesem Unternehmen auch der Name Walty Klackton gefallen. Alles, womit dieser schreckliche Korporal auch nur entfernt zu tun hatte, war mit besonderer Vorsicht zu genießen.

5.

Wurtzit Sternenklau war unumschränkter Herrscher über 100.000 Asteroiden. Er regierte mit starker, gichtiger Hand, mit selbstgefälliger Strenge und zum Vorteil der eigenen Sippe. Unter seiner Führung waren die Sternenklaus zu großem Ruhm gekommen und hatten einen neuen Höhepunkt ihrer Macht erlangt. Man fürchtete sie, aber es war unter den kleineren Machtblöcken und den verschiedenen Splittergruppen fast schon zum Volkssport geworden, die Sternenklaus zu schädigen, wo es nur ging. Dieser rege Oppositionsgeist gegen das führende Geschlecht, der allen Bewohnern der Felix-Asteroiden innewohnte, verhinderte, daß die Herrschaft der Sternenklaus zur Willkür wurde.

Dennoch war es unbestritten, daß Wurtzit der mächtigste Mann im Asteroidenschwarm war und daß seine Sippe den größten Einfluß hatte. Diese Vormachtstellung erklärte sich zum Teil damit, daß die Sternenklaus ein Drittel der Gesamtbevölkerung bildeten, während sich der Rest zur Hälfte aus Menschen verschiedener Herkunft und zur anderen aus Fremdwesen unterschiedlicher Abstammung zusammensetzte.

Insgesamt lebten im Asteroidengürtel zweihunderttausend Wesen, die Homöotaster oder Homophore, wie sie vereinfacht genannt wurden, ausgenommen. Demnach wären auf jeden Asteroiden zwei Intelligenzwesen gekommen, so daß man meinen könnte, daß Raum genug für alle war. Doch dies war eine Milchmädchenrechnung. Denn neunzig Prozent der Asteroiden war vergleichsweise so winzig, daß es einem Sonntagsspaziergang gleichkam, sie einmal zu umrunden. Von den verbleibenden zehn Prozent waren nur tausend bewohnt, aber wirklich halbwegs menschenwürdig leben konnte man nur auf einem ganzen Dutzend, und um diese Plätze an der Sonne entbrannten immer wieder heftige Streitigkeiten.

Wurtzit Sternenklau hatte seinen Sitz auf dem größten Asteroiden, der einen Durchmesser von 666 Kilometern, die geringste Bevölkerungsdichte und die meisten Rohstoffvorkommen besaß. Gemessen an anderen Orten im Asteroidenschwarm war dies eine geradezu paradiesische Welt, so daß sie nicht zu Unrecht die Bezeichnung 1 Paradiso trug.

Zu anderen Zeiten, etwa wenn man das Aphel feierte, also die größte Sonnenferne, dann war 1 Paradiso im Karnevalsfieber. Ein rauschendes Fest löste das andere ab. Aber jetzt war hier nichts los. Das Leben auf 1 Paradiso pulsierte nicht, sondern es pochte träge dahin.

Denn der Gezeitenwechsel stand knapp bevor. Der Zeitpunkt, wo der Asteroidenschwarm sich dem Perihel näherte und in den Gravitationsbereich der roten Riesensonne geriet, war nicht mehr fern. Und jeder, der halbwegs bei Verstand war, richtete sich auf die Schlafperiode ein. Besonders Vorsichtige hatten sich bereits in die Höhlensysteme zurückgezogen und sich in Tiefschlaf begeben. Wurtzit Sternenklau, mit der Formel (Zn, Fe, Mn, Cd)S, beneidete jene Glücklichen, die sich schon jetzt in ihre Homophore wickeln und ein ausgedehntes Nickerchen machen konnten. Er, ein Mann mit großer Verantwortung, mußte bis zuletzt ausharren.

Dabei hatte er schon längst die nötige Bettschwere. Er spürte es regelrecht in den Knochen, wenn sich die Asteroiden dem Perihel näherten. Dann wurde er träge und schob alle wichtigen Entscheidungen bis zur nächsten Wachperiode nach dem Gezeitenwechsel hinaus. Seine Frau Geuphel konnte ein Klagelied über seine Trägheit singen und mußte sich für die Zeit vor dem Gezeitenwechsel einen Liebhaber zulegen.

Wurtzit war im Geist schon längst in seinen Homophoren gerollt, als ihm einer seiner Vettern die Annäherung eines terranischen Kugelraumers meldete. Das paßte dem Patriarchen gar nicht in den Kram, und er befahl, das fremde Schiff durch einige Salven einfach zu verjagen. Wenn Terraner auftauchten, bedeutete das immer Schwierigkeiten, und davon wollte Wurtzit so knapp vor dem Gezeitenwechsel nichts wissen.

Aber sein Vetter Safflorit, der ihm die Nachricht überbracht hatte, setzte ihm solange zu, bis Wurtzit ihm erlaubte, Kontakt mit dem Schiff aufzunehmen. Safflorits Argumente hatten auch wirklich etwas für sich, und sein stichhaltigstes davon war, daß ein 500-Meter-Kugelraumer eine beachtliche Verstärkung ihrer Flotte darstellen würde, die ohnehin nur aus drei Schiffen bestand, von denen die altersschwache KLAUCLAN noch das stolzeste war.

„In Ordnung", sagte Wurtzit verschlafen. „Erledige du das für mich, Safflorit."

Aber der Vetter ließ ihm noch immer keine Ruhe. Bald darauf erschien er schon wieder und berichtete:

„Der Terraner hat von sich aus Funkkontakt mit uns aufgenommen. Der Sprecher, ein recht kühn aussehender Geselle, hat behauptet, der Schwarze Pirat zu sein. Seiner Aussage nach handelt es sich bei der SING-SING, wie der Kugelraumer heißt, um ein Sträflingsschiff, das unterwegs zu einer Strafkolonie war. Dorthin hätte der Schwarze Pirat zwangsweise gebracht werden sollen. Aber er überlistete seine Bewacher und eroberte das Raumschiff im Alleingang. Jetzt bittet er uns um Asyl."

„Schicke ihn meinetwegen nach 733 Kloake", sagte Wurtzit und gähnte. „Dort soll er bis nach dem Gezeitenwechsel auf meine Entscheidung warten."

„Du mußt dich jetzt schon entscheiden, Wurtzit, die Sache duldet keinen Aufschub", bedrängte ihn der Vetter, der gerade so tat, als sei noch lange nicht an den Tiefen Schlaf zu denken. „Du mußt dich zusammenreißen und den Schwarzen Piraten empfangen. Denk an dieses prächtige Schiff! Du könntest das Geschäft deines Lebens machen. Diese Chance dürfen wir uns nicht entgehen lassen. Du mußt ihn zu dir bitten. Er scheint ein recht harter Bursche zu sein, der weiß, was er will. Aber wenn er erst einmal auf unserem Planetoiden ist, dann haben wir ihn in der Hand. Nur muß er erst einmal hier sein."

„Läßt sich das wirklich nicht umgehen?" unternahm Wurtzit einen letzten Versuch, die unliebsame Störung abzuwenden.

„Es muß sein!"

„Also schön, der Schwarze Pirat soll kommen", sagte der Patriarch ergeben.

Er verließ seine Ruhegemächer und begab sich ins Patriarchenzimmer, von wo aus er die Geschicke der Felix-Asteroiden lenkte. Er ließ sich von den Elevinnen der Karyatiden-Schule waschen, salben und massieren. Er inhalierte belebende Dämpfe, ließ sich von seinem Leibarzt Aufputschmittel injizieren und schluckte Vitamintabletten. Aber die Wirkung war trotz aller guten Bemühungen nicht optimal, denn was nützten alle Energiestöße, wenn er sich im Geist längst schon im gemütlichen Schoß eines Homöotasters ruhen sah.

Er döste weiterhin vor sich hin, bis man ihm die Ankunft des Schwarzen Piraten meldete. Da erst riß er sich zusammen. Er nahm seine Herrscherpose ein, straffte sein Gesicht und gab ihm einen gewichtigen Ausdruck. Äußerlich war er nun wieder ganz Potentat, Herr über Leben und Tod von 200.000 Intelligenzwesen und über 100.000 Asteroiden. Er verstand es, selbst im Halbschlaf Eindruck zu schinden.

Sein Besucher war ein großer, stattlicher Mann in einem Phantasiekostüm. Sein Helm, offenbar Teil eines Kampfanzugs, war mit allerhand Klimbim verziert. Das weite, wie ausgestopft wirkende Obergewand war mit Schmuck und technischem Kleingerät behangen. Seine schmale Hüfte starrte förmlich vor Waffen. Die Sichtscheibe des Helmes war aufgeklappt, so daß man das schwarzhäutige Gesicht deutlich sah. Ja, es war schwarz wie die Nacht, so als hätte der Besitzer es mit Ruß gepudert.

Und es war ein recht eigenwilliges Gesicht. Es wirkte furchterregend und hatte zugleich etwas Lächerliches an sich. Die Backen waren prall, wie aufgebläht. Die Nase sah dagegen aus, als verstecke sie sich verschämt zwischen den Hamsterbacken. Das Kinn war fliehend wie die Stirn, und die Augen verschwanden beinahe zwischen den dichten Augenbrauen und dem Backenrund.

Trotz seiner nur schwer zu überwindenden Schläfrigkeit fielen Wurtzit an dem Mann sofort einige Eigenheiten auf. Er hatte einen Gang, als seien seine Beine aus Gummi oder als habe er um ein oder zwei Gelenke zuviel. Die Arme hielt er dagegen steif vom Körper ab, was an einer übertrainierten Achselmuskulatur liegen mochte. Die Hände aber waren das Seltsamste an ihm, denn die Daumen seiner Handschuhe standen nicht nach vorne, sondern wiesen nach hinten, als sei die Rechte mit der Linken vertauscht. Das Zucken um seine Augenpartie schien gegen diese Mutation ein harmloses nervöses Leiden zu sein.

Klar, das war ein Mutant!

„Das ist also der gefürchtete Schwarze Pirat“, rief Wurtzit seinem Besucher entgegen, als hätte er schon viele schaurige Berichte über ihn gehört, obwohl ihm dieser Name bis dato unbekannt gewesen war; aber man konnte ja nicht jeden Halunken der Galaxis kennen. „Es ist mir eine Ehre, dich als Gast in meinem Reich begrüßen zu dürfen. Sei mir willkommen, mein Freund.“

Der Schwarze Pirat blieb zwei Schritte vor seinem Thron stehen und machte eine etwas linkisch wirkende Verbeugung. Dabei klappte die Sichtscheibe seines Helms nach unten und zwängte seine Nasenkuppe ein. Der Schwarze Pirat hatte einige Mühe, die Sichtklappe wieder nach oben zu schieben. Er wand sich dabei wie eine Schlange, stand mal auf diesem Bein, dann am anderen, krümmte den Rücken und schnellte dann wie am Federzug auseinander. Immerhin lohnte sich die Mühe, denn, wie gesagt, es gelang ihm, die Sichtscheibe in oberer Stellung einrasten zu lassen.

„Die Ehre ist meinerseits, ruhmreicher Wurtzit“, erwiderte der Pirat mit leicht atemloser Stimme, die nicht recht zu seiner Erscheinung paßte. „Deine Taten haben sich längst bis weit über den Innensektor der Milchstraße herumgesprochen. Es war schon lange mein Wunsch, dich persönlich kennenzulernen. Aber ich habe immer das Zentrum der Milchstraße gemieden, um nicht in den Verruf zu kommen, in fremden Gewässern zu fischen. Doch nun hat das Schicksal es gefügt, daß ich doch noch in dein Hoheitsgebiet eindringen mußte. Ich habe allerdings keine unlauteren Absichten, wie ich dir versichern kann, mächtiger Wurtzit.“ Er machte einen Ausfallschritt und deutete mit dem Kopf eine Verbeugung an, um seine Ehrerbietung kundzutun. Dabei klappte jedoch wieder die Sichtscheibe seines Helmes herunter. Als er fortfuhr, wurde seine Stimme bis zur Unverständlichkeit gedämpft, bis er endlich wieder das Sichtvisier hochklappen konnte. Wurtzit hörte ihn noch sagen: „... bin ein Mann auf der Flucht. Die Felix-Asteroiden scheinen mir der sicherste Zufluchtsort zu sein, deshalb bitte ich dich um Asyl. Ich komme jedoch nicht mit leeren Händen. Als Gegenleistung stelle ich dir die SING-SING und eine Menge guter Ideen zur Verfügung.“

„Einverstanden“, sagte Wurtzit, der glaubte, die Verhandlungen zu einem schnellen Abschluß bringen zu können. „Übergib das Schiff meinem Vetter Safflorit und such dir ein behagliches Plätzchen für den Tiefschlaf. Über deine guten Ideen sprechen wir nach Perihel. Gute Nacht, mein Freund.“

„Tiefschlaf?“ rief er Schwarze Pirat aufgeregt. „Ich

denke nicht daran! Und für euch besteht auch kein Grund, euch diesem Lebenszyklus zu unterwerfen. Ich habe eine Idee, wie man das ändern kann."

„Aber wo denkst du hin", sagte Wurtzit angewidert. „In Kürze geraten die Felix-Asteroiden in die Hyperfeldlinien des roten Riesen. Dann unterliegen sie nicht mehr den Naturgesetzen dieser Dimension, sondern kommen in den Einflußbereich eines anderen Kontinuums. Während der Durchwanderung dieses anderen Kontinuums kommt es überall auf den Asteroiden zu den umheimlichsten Erscheinungen. Kein Wesen kann diese Phase mit heilem Verstand überstehen. Darum müssen wir in den Tiefschlaf gehen."

„Das wäre nicht nötig, wenn ihr versucht, die exzentrische Umlaufbahn des Asteroidenschwarms zu regulieren", erwiderte der Schwarze Pirat. „Ich habe in der kurzen Zeit meines Aufenthalts Berechnungen angestellt, deren Ergebnis mich überaus optimistisch gestimmt hat. Es wäre selbst jetzt noch möglich, die Umlaufbahn der Asteroiden so zu ändern, daß sie nicht in den schädlichen Gravitationsbereich der Sonne geraten. Die technischen Mittel dazu bietet die SING-SING. Du müßtest dich nur schnell entscheiden, Wurtzit."

„Aber der Tiefschlaf hat bei uns eine lange Tradition", sagte der Patriarch und unterdrückte ein Gähnen. „Dein Vorschlag kommt etwas zu plötzlich, Schwarzer Pirat. Selbst wenn ich wollte, könnte ich darüber nicht alleine entscheiden. Ich müßte die Clanführer zusammenrufen und die Sache mit ihnen besprechen. Das kostet zuviel Zeit. Es wäre besser, die Angelegenheit erst mal zu überschlafen und nach Perihel darüber zu diskutieren."

Wurtzit kuschelte sich in seinen Homophoren, den er wie einen Umhang über der Schulter trug, und genoß seine einschläfernden Impulse. Guter Freund, dachte er, ich weiß, du möchtest mich in den Schlaf des Gerechten wiegen. Aber du siehst selbst, daß man mich nicht läßt, wie ich möchte.

„Warum die Entscheidung auf die lange Bank schieben“, mischte sich da Safflorit ein. „Ich finde den Vorschlag des Schwarzen Piraten gut. Warum sollen wir uns einem Lebenszyklus unterwerfen, der nur Nachteile für uns bringt, wenn wir die Möglichkeit haben, regulierend einzugreifen. Es ist erwiesen, daß uns jede Tiefschlafperiode in unserer Entwicklung zurückwirft. Wir verlieren dadurch jedesmal ein halbes Norm-Jahr. Wir verschenken bei jedem Gezeitenwechsel ein halbes Jahr unseres Lebens, Wurtzit! Warum also an einer Tradition festhalten, die eigentlich keiner will?“

„Ich kenne eine ganze Reihe, die ohne die regenerierenden Tiefschlafperioden gar nicht mehr leben könnten“, erwiderte Wurtzit und dachte: Nun fällt mir mein eigener Vetter, meine rechte Hand, in den Rücken. Möglich, daß er dies als Vorwand für ein Kräftemessen um den Patriarchenthron nimmt. Gleichmütig fuhr Wurtzit fort: „Der Lebensrhythmus ist uns längst schon in Fleisch und Blut übergegangen. Eine plötzliche Änderung könnte schwerwiegende Folgen haben. Die Sache muß gut überlegt sein.“

„Es bleiben immerhin noch zweiundsiebzig Norm-Stunden, um einen Beschluß zu fassen“, sagte der Schwarze Pirat. „Innerhalb dieser Zeit ist es noch möglich, die Asteroidenbahn erfolgreich zu ändern.“

„Das reicht, um alle Clanführer zusammenzurufen“, sagte Safflorit. „Ich plädiere unbedingt dafür. Und wie steht es mit dir, Wurtzit? Willst du dich dem Fortschritt entgegenstellen?“

Der Patriarch beschloß, seinen aufmüpfigen Vetter bei nächster Gelegenheit aus dem Weg räumen zu lassen. Und der Schwarze Pirat sollte denselben Weg gehen.

„Meinetwegen, ruft die Clanführer zusammen“, sagte

Wurtzit. „Mir ist es schließlich egal, wie ich mir bis zum Gezeitenwechsel die Zeit vertreibe."

Aber es war ihm nicht egal. Er hätte viel lieber seine Ruhe gehabt und die Zeit bis zum Gezeitenwechsel im Halbschlummer an sich vorübergehen zu lassen. Aber da man ihn nun einmal geweckt hatte, war auch der Kämpfer in ihm erwacht.

Sein Zorn würde jene treffen, die seinen Schlummer gestört hatten!

„Laßt uns feiern!" verkündete er. „Das Fest soll solange dauern, bis alle dreiunddreißig Clanführer eingetroffen sind. Und der Schwarze Pirat soll unser Ehrengast sein!"

Wurtzit benutzte das Fest nur, um in der allgemeinen Betriebsamkeit ungestörter seine Vorbereitungen zu treffen. Das heißt, nebenbei nutzte er die Gelegenheit, um seine Wut hinunterzuspülen.

Der Patriarch scheute keine Mühen, um das Fest zu einem Spektakel werden zu lassen. Ihm war klar, daß er dadurch eine ganze Menge Leute verärgerte, aber er hoffte, den Schwarzen Piraten als Südenbock hinstellen und allen Ärger auf ihn abwälzen zu können.

Die Sklaven wurden aus den Bunkern geholt, wo sie sich bereits auf den Tiefen Schlaf vorbereitet hatten, und die Diener vergaßen nicht, ihnen zu verraten, daß dies alles zu Ehren des Schwarzen Piraten geschehe. Sie mußten tonnenweise Vorräte aus den Lagern holen und in die Großküche schleppen, wo sie der Chefkoch mit seinen unausgeschlafenen Hilfskräften in Empfang nahm. Auch sie erfuhren, daß sie dies dem Schwarzen Piraten zu verdanken hatten, und der Chefkoch, ein reinblütiger Sternenklau, machte ein Gesicht, als überlege er, welches Gift er dem ungebetenen Gast ins Essen geben solle.

„Verdammt, jetzt müssen wir uns schon wieder überfressen", murrten die Vorkoster, die vor dem Schlafengehen noch ordentlich geschlemmt hatten.

Die Tänzerinnen mußten das Training wieder aufnehmen, und man scheuchte die Haustiere wieder auf, damit sie die anfallenden Speisenreste vertilgten.

Die Kraftwerke liefen wieder auf Hochtouren, und die Wartungsmannschaft mußte vollzählig ihren Dienst aufnehmen.

„Man sollte diesem Schwarzen Piraten einen Stromstoß verpassen, der ihm die verrückten Ideen austreibt“, war die einhellige Meinung der Techniker.

Die ersten Clanführer trafen ein. Schon als der Schwarze Pirat mit dem ersten zusammentraf, kam es zu einem Zwischenfall. Als Ehrengast mußte der Schwarze Pirat mit jedem der Clanführer anstoßen. Doch der Ehrengast versuchte sich krampfhaft davor zu drücken.

„Ich trinke nicht, ich bin völlig abstinent“, beteuerte er. „Das härteste Getränk, das ich je getrunken habe, war Känguruhmilch. Aber nicht einmal die ist mir bekommen. Seitdem rühre ich kein Getränk an, das ich nicht vorher analysiert habe. Was ist das für ein Getränk?“

„Lausschweiß“, erklärte ihm Karnallit, der einer der treuesten Gefolgsleute des Patriarchen war. „Er wird durch Melken der fingerlangen Parasiten gewonnen, dann extrahiert und gegoren und aromatisiert. Der Schweiß von hundert solcher Tierchen ergibt nur ein einziges Glas. Lausschweiß ist das vornehmste Getränk, und wenn du nicht mit mir trinkst, dann ist das eine tödliche Beleidigung, Schwarzer Pirat.“

„Wenn das so ist ...“ Der Ehrengast entschuldigte sich für kurze Zeit, und als er wiederkam, hatte er keinerlei Bedenken mehr, mit den Clanführern anzustoßen. Er leerte daraufhin Glas um Glas, ohne eine sichtbare Wirkung zu zeigen. Es schien nur so, daß sich sein Körper durch die Unmengen der aufgenommenen Flüssigkeit deutlich aufblähte. Aber das fiel außer Wurtzit niemandem auf, und der Schwarze Pirat gewann durch seine Trinkfestigkeit die Gunst so manchen Clanführers, der zuvor gegen ihn eingestellt war.

Wurtzit, der gehofft hatte, seinen Gast betrunken zu machen, sah dies als Niederlage an. Aber er resignierte nicht, denn er durfte noch immer hoffen, daß entweder die Sklaven die Wut an ihm ausließen oder daß ein in seiner Ruhe gestörtes Haustier ihn biß. Und er baute natürlich auf seinen Vetter Hausmannit, den Chefkoch, der sich ganz hervorragend aufs Giftmischen verstand.

Hausmannit machte aus seinen Absichten auch gar kein Hehl. Er rief bei Wurtzit an und fragte ihn: „Was würde mit dem Küchenpersonal geschehen, wenn dein Ehrengast unverhofft eine Magenverstimmung bekäme?"

„Dann müßten wir das Fest abbrechen, und ihr könntet euch schlafenlegen", anwortete Wurtzit.

Aber Hausmannits Plan ging nicht auf, denn Safflorit bestimmte, daß der Schwarze Pirat keine Speise anrühren dürfte, bevor sie nicht von einem Vorkoster geprüft worden sei. Auf diese Weise wurden drei der besten Vorkoster verbraucht. Aber der Schwarze Pirat erfreute sich immer noch bester Gesundheit.

Nachdem bereits zwanzig der Clanführer eingetroffen waren und der Ehrengast nach all den Trinksprüchen immer noch gerade stehen konnte, beschloß Wurtzit, drastischere Maßnahmen zu ergreifen.

Er rief Kryolith zu sich, um ihn um Rat zu fragen.

„Du hast mich rufen lassen, (Zn, Fe, Mn, Cd)S", meldete sich der erfahrene Kämpfer beim Patriarchen, dessen letzte Großtat es gewesen war, die Nullipara in den Asteroidenschwarm zurückzubringen.

„Wann wirst du dir endlich meinen Namen merken, Kryolith", regte sich Wurtzit auf. Gemäßigter fuhr er fort: „Ich brauche deine Hilfe, Neffe. Dieser Schwarze Pirat ist einfach nicht umzubringen."

„Ich könnte ihn zum Duell fordern", schlug Kryolith

vor. „Ich muß sagen, seine Nase gefällt mir überhaupt nicht.“

„Nein, das ist mir zu unsicher.“ Wurtzit winkte ab. „Abgesehen davon, daß das ein gefährlicher Bursche ist, der es gegen jeden von uns aufnehmen könnte, wäre das zu auffällig. Safflorit hat sich seiner angenommen und würde an jedem furchtbare Rache nehmen, der ihn tötet. Und vor Perihel können wir eine Blutfehde in der eigenen Familie nicht brauchen. Hast du mir keinen besseren Plan zu bieten, bei dem kein Verdacht auf uns fällt?“

Kryolith brauchte nicht lange zu überlegen.

„Es gibt ein todsicheres Mittel“, sagte er grinsend. „Warum überlassen wir ihn nicht den Zärtlichkeiten von drei ausgesuchten Dierodulen. Diese Tempeldienerinnen schaffen den stärksten Bullen.“

Wurtzit war begeistert. Der Plan wurde ausgeführt. Zuerst weigerte sich der Schwarze Pirat ziemlich heftig, die drei Mädchen anzunehmen. Aber als man ihm nahelegte, daß er mit seiner Ablehnung den Tod der Dierodulen besiegeln würde, verschwand er mit ihnen in den ihm zugeteilten Gemächern. Kryolith überwachte das Geschehen durch die versteckt installierten Spione, und Wurtzit ließ sich auf dem laufenden halten.

Die Stunden vergingen, aber Kryolith hatte immer nur dasselbe zu berichten: Es tat sich überhaupt nichts. Später meldete er verstört, daß der Schwarze Pirat seine Gespielinnen mit Erzählungen unterhalte und daß sie bloß dasaßen und gebannt an seinen Lippen hingen. Als Kryolith schließlich, einem Nervenzusammenbruch nahe, gestehen mußte, daß alle drei Dierodulen in Tränen aufgelöst seien und mit dem Schwarzen Piraten um die Wette flennten, ließ Wurtzit das Unternehmen abbrechen.

Er verlangte, daß man ihm eine der Tempeldienerinnen vorführe, damit er aus ihrem Munde hören könne, was denn eigentlich vorgefallen sei. Das Mädchen berichtete ihm unter Tränen:

„Ach, es ist so traurig. Walky Negro ist unglücklich verliebt. Nach vielen Jahrzehnten des rastlosen Suchens hat er endlich die Frau fürs Leben gefunden. Aber ein grausames Schicksal hat sie ihm wieder entrissen. Nun streift er durch die Weite des Kosmos, um sie zu suchen ...“

„Genug davon!“ brüllte Wurtzit außer sich und ließ das Mädchen fortschaffen. Es hätte ihm gerade noch gefehlt, daß er selbst auch noch vor Rührung in Tränen ausbrach. Es war sowieso alles zum Weinen. Wenn man ein erstes Resümee zog, dann mußte man sich eingestehen, daß bei all den Bemühungen nichts weiter herausgeschaut hatte, als daß man nun den wahren Namen des Schwarzen Piraten kannte: Walky Negro.

„Der Name erinnert mich an irgend etwas“, sagte Kryolith nachdenklich. „Irgendwie kommt er mir bekannt vor. Aber ich erinnere mich einfach nicht, in welchem Zusammenhang.“

Wurtzit jagte seinen Neffen mit dem schwachen Gedächtnis zurück auf seinen Posten und rief ihm nach: „Hoffentlich vergißt du nicht, daß du die Nullipara bewachen sollst und für ihre Sicherheit verantwortlich bist.“

Dann rief er jene Clanführer zu sich, die der Tradition am stärksten verbunden und ergeben waren.

Alle waren der Meinung, daß der Plan des Schwarzen Piraten undurchführbar sei. Cuprit konnte das Problem am besten ausdrücken.

„Wenn wir den Kurs der Asteroiden ändern und die exzentrische Umlaufbahn regulieren, dann müssen wir unsere Gesellschaftsordnung von Grund auf ändern“, sagte er. „Woran könnten wir dann noch glauben? Wir brauchten dann keine Nullipara mehr, könnten die Karyatiden entlassen. Es hieße, daß wir keine Ehrfurcht mehr vor der Macht der Götter haben. Wir wissen aber alle, daß die *Gegangenen* immer noch großen Einfluß auf die Asteroiden haben, die aus den Trümmern ihrer Welt hervorgegangen sind. Es ist der Wille der *Gegangenen*, daß die Felix-Asteroiden ihre exzentrische Umlaufbahn bis in alle Ewigkeit beibehalten. Danach müssen wir uns richten. Verstoßen wir gegen den Willen der Götter, dann wird uns ihr Zorn treffen. Wenn wir die Bahn des Asteroidenschwarms zu verändern versuchen, dann würde das unser Untergang sein."

„Du hast recht, Cuprit", stimmte Wurtzit zu. „Aber unter den Jüngeren gibt es einige, die meinen, stärker als die Macht der *Gegangenen* zu sein. Safflorit glaubt, die Götter herausfordern zu können."

„Mit Safflorit werden wir schon fertig", sagte Thuringit. „Und so unverwundbar ist der Schwarze Pirat auch nicht. Es hat sich schon mancher zwischen den Asteroiden verirrt und ist nicht mehr zurückgekommen."

„Warum versuchen wir es nicht damit, dem Schwarzen Piraten unsere Situation zu erklären?" schlug Dolomit vor und fand damit den Beifall Kieserits, der sagte:

„Wenn wir ihn in die Mysterien unseres Glaubens einweihen und ihm demonstrieren, welche Macht die *Gegangenen* auf uns Lebende haben, dann muß er erkennen, daß sein Plan undurchführbar ist. Zeigen wir ihm den Tempel der Karyatiden und lassen wir ihn mit der Nullipara sprechen. Wenn er dann immer noch nicht zur Einsicht kommt, können wir zu anderen Mitteln greifen."

„Ich bin dagegen, einen Ungläubigen in die Mysterien des Gezeitenwechsels einzuführen", erklärte Polluzit mit schlauem Lächeln. „Aber immerhin könnten wir so tun, als ob. Ich habe für Walky Negro ein Geschenk mitgebracht. Es ist ein prächtiger Homöotaster und zudem noch speziell geschult. Wenn der Schwarze Pirat ihn erst angelegt hat, und das muß er, will er mich nicht beleidigen, dann wird sich alles Weitere von selbst ergeben."

Die Versammlung löste sich auf, und Polluzit begab sich mit seinem Geschenk zum Schwarzen Piraten.

„Wir sind dir alle wohlgesinnt, Walky Negro", vertraute er ihm an, „und wir sind deinen reformatorischen Plänen sehr zugetan. Aber es gibt da einige schier unüberwindliche Schwierigkeiten. Um dir unsere Probleme verständlicher zu machen, haben wir uns entschlossen, dich in einige Geheimnisse einzuweihen. Während deines Hierseins wirst du bestimmt schon einiges über die Phänomene gehört haben, die während des Gezeitenwechselns im Asteroidenschwarm entstehen. Und bestimmt hast du schon von der Nullipara gehört, die über unsere Sicherheit wacht, während wir im Tiefschlaf das fremde Kontinuum durchdringen."

„O ja", versicherte der Schwarze Pirat und wirkte auf einmal ziemlich erregt. „Ich habe mir schon gewünscht, diese geheimnisvolle Schutzherrin über die Gezeiten kennenzulernen. Aber ich dachte, das sei nur eine fiktive Person, die nicht wirklich existiert."

„Doch, sie lebt", sagte Polluzit salbungsvoll. „Sie ist aus Fleisch und Blut, eine Sterbliche mit einer besonderen Begabung, die sie zu einer Auserwählten gemacht hat. Wenn du willst, bringen wir dich zu ihr. Sie wird dir wie keine andere erklären können, welche Kräfte unser Leben bestimmen. Aber es ist nötig, daß du für diesen besonderen Anlaß diesen Umhang anlegst."

Polluzit breitete vor dem Schwarzen Piraten den Homöotaster aus, der ein besonders schönes und großes Exemplar war und eine Fläche von zwei mal drei Metern hatte. Auf seiner Oberseite lief ein berauschendes Farbenspiel ab, die faszinierenden Muster waren in beständiger Veränderung begriffen und wechselten in Sekundenschnelle.

Dazu erklärte Polluzit wahrheitsgetreu:

„Dieser Umhang lebt und besitzt eine gewisse Intelligenz. Je länger du diesen Homophoren trägst, desto besser wird er sich an dich anpassen und auf dich eingehen. Du siehst, die meisten von uns haben ständig ihre Homophoren umgelegt, weil wir kaum mehr ohne diese Symbiosepartner auskommen. Wenn du erst die Vorteile einer solchen Symbiose erkannt hast, dann wirst auch du deine Homophoren nicht mehr missen wollen. Trage ihn stets bei dir, damit du bald die Reife erlangst, um der Nullipara vorgeführt zu werden."

„Das werde ich tun", versprach der Schwarze Pirat und legte sich unter dem Applaus der Anwesenden den Umhang an.

Nur Safflorit war nicht begeistert. Er nahm den Schwarzen Piraten zur Seite und warnte ihn:

„Nimm dich vor dem Homophoren in acht. Dahinter steckt bestimmt irgendeine Teufelei."

„Das Risiko nehme ich auf mich", erwiderte der Schwarze Pirat, „wenn ich damit erreiche, eure Hohepriesterin kennenzulernen. Ich hoffe, sie für meine Regulierungspläne zu gewinnen."

„Überschätze dich nur nicht", ermahnte ihn Safflorit und zog sich zurück.

Inzwischen waren alle dreiunddreißig Clanführer eingetroffen. Man beschloß, eine kurze Pause einzulegen, bevor man zur Tagesordnung überging. Der Schwarze Pirat durfte sich in seine Gemächer zurückziehen.

Der Scharze Pirat war froh, daß man ihm eine Atempause gönnte.

Kaum in seinen Gemächern angekommen, machte er sich zuallererst daran, die Spione und Abhöranlagen mit seinen Ortungsgeräten ausfindig zu machen und auszuschalten. Nachdem dies geschehen war, breitete er den Umhang, den Polluzit ihm geschenkt hatte, auf dem Schlaflager aus und entledigte sich des Kampfanzugs und des Helmes, dessen Sichtscheibe einfach nicht in aufgeklapptem Zustand einrasten wollte. Er war auch froh, endlich die Schutzhandschuhe abstreifen zu können, die er in der Eile verkehrt angezogen hatte.

Er beließ es jedoch nicht dabei, sich der behindernden Kleidung zu entledigen, sondern nahm auch die Gesichtsmaske aus geschwärztem Biomolplast ab. Darunter kam ein eher durchschnittlich zu nennendes Gesicht zum Vorschein, in dem nur die Nase ungewöhnlich war – und zwar ungewöhnlich groß.

Walty Klackton, alias Walky Negro, der Schwarze Pirat, atmete erleichtert auf und streckte sich auf seinem Lager aus. Zwei volle Tage hatte er diese Maskerade tragen müssen, ohne eine Gelegenheit zu finden, sich von ihr wenigstens kurzzeitig befreien zu können. Er war verschwitzt und mit den Kräften völlig am Ende. Denn nicht nur, daß er das Gewicht des Kampfanzuges hatte herumschleppen müssen, so hatte sich in den eingebauten Reservebehältern einiges an Lausschweiß angesammelt. Er schätzte die Menge auf gut zehn Liter. Wenn er das alles wirklich getrunken hätte, wäre er längst an Alkoholvergiftung gestorben. Aber zum Glück war es ihm gelungen, das Ernährungssystem des Anzuges so umzubauen, daß es nicht spendete, sondern die aufgenommene Flüssigkeit speicherte. Es hatte keinen der Springer argwöhnisch gemacht, daß der Schwarze Pirat mittels eines Trinkhalms aus den Gläsern trank. Bei seinen vielen anderen Eigenheiten fiel so eine Kleinigkeit auch nicht weiter auf.

Bis jetzt war jedenfalls alles gut gegangen, und die Sache hatte sich besser entwickelt, als Klackton zu hoffen wagte. Man hatte ihm angeboten, die Nullipara kennenzulernen. Und die Nullipara war niemand anderer als Lela, deretwegen er die Felix-Asteroiden aufgesucht hatte. Besser hätte es für ihn gar nicht kommen können.

Er beglückwünschte sich zu der Idee, als Pirat aufzutreten. Auf sein Unterbewußtsein war eben doch Verlaß, denn es hatte ihn zu der genau richtigen Handlungsweise inspiriert. Ursprünglich hatte er es nur als Notlösung angesehen, den Asteroidenbewohnern eine Regulierung der Umlaufbahn vorzuschlagen. Inzwischen hatte es sich jedoch herausgestellt, daß es sich um einen genialen Einfall handelte, der alle seine Probleme mit einem Schlag lösen konnte.

Denn wenn die Asteroiden eine andere Bahn erhielten und sie der roten Riesensonne nicht mehr so nahe kamen, daß sie durch deren Kraftfelder in ein anderes Kontinuum verschlagen wurden, dann brauchten sich die Bewohner nicht mehr in Tiefschlaf begeben. Damit wäre auch das Amt der Hohenpriesterin, die den Gezeitenwechsel überwachen sollte, überflüssig geworden – und Lela wärc für ihn frei!

Er glaubte, ohne sie nicht mehr leben zu können, deshalb mußte er diesen Plan durchboxen, koste es, was es wolle. Ihm blieben noch vierundzwanzig Stunden Zeit. Innerhalb dieser Frist mußte er mit Lela sprechen und sie in seine Pläne einweihen, damit sie als seine Fürsprecherin auftreten konnte. Wenn das nichts nützte, dann konnte er sie einfach rauben. Und ohne Nullipara wären die Sternenklaus gezwungen, das Eindringen in das fremde Kontinuum zu verhindern. Dann mußten sie der Bahnregulierung erst recht zustimmen, und der Endeffekt wäre derselbe.

Die Durchführung des Projekts bereitete Klackton einige Sorge. Von der technischen Seite her gab es keinerlei Probleme. Er hatte vom Bordcomputer der ROBINSON, die er in SING-SING umgetauft hatte, alles durchrechnen lassen und die Bestätigung erhalten, daß es sich mit den Bordmitteln machen ließ. Aber er konnte das Unternehmen nicht alleine durchführen und würde die Unterstützung der Mannschaft brauchen. Und da sah er die Schwierigkeiten.

Verständlicherweise war die Besatzung auf ihn sauer, weil er das Schiff gekapert und zur Kursänderung gezwungen hatte. Er würde dem Kommandanten schon *sehr* plausibel erklären müssen, daß eine Bahnkorrektur der Felix-Asteroiden lebensnotwenig für die Bewohner war.

Major Dellim und seine Crew würden ihm wohl nie verzeihen, daß er sie an der Nase herumgeführt hatte. Ohne sich selbst loben zu wollen, konnte er ruhig behaupten, daß es niemandem sonst so einfach gelungen wäre, die gesamte Mannschaft auszuschalten. Ausnahmsweise war ihm sein schlechter Ruf einmal zugute gekommen.

Er hatte nur Alarm zu schlagen und zu behaupten brauchen, daß er durch ein bedauerliches Versehen die Konverter zum Überhitzen gebracht hatte und daß höchste Explosionsgefahr bestehe. Ihm, dem schrecklichen Korporal, der als Generalversager galt, glaubte man so etwas unbesehen. Daraufhin waren alle in die Rettungsboote gestürmt – und dort befanden sie sich immer noch.

Klackton hatte seelenruhig alle Hangars ferngesteuert verriegelt, so daß die Männer weder mit den Beibooten fliehen, noch durch die Schotte ins Schiff zurückkehren konnten. Sie waren in den Hangars gefangen. Klackton hatte danach das Kunststück vollbracht, den 500-Meter-Kugelraumer allein zu den Felix-Asteroiden zu fliegen.

Hier war er nun, und es sah aus, als ob er nun bald sein Ziel erreicht haben würde. Über die Folgen seiner Handlungsweise hatte er sich noch keine Gedanken gemacht. Ihm war alles andere egal, wenn er nur Lela wieder in die Arme schließen konnte.

Er streckte sich auf dem Homophoren aus und entspannte sich. Er verspürte ein wohliges Kribbeln an jenen Körperstellen, die mit dem seltsamen Wesen in Berührung kamen, das aussah wie ein antiker Orientteppich. Eine wohlige Müdigkeit überkam ihn.

Aber da teilte der Teppich, auf dem er lag, plötzlich einige schmerzhafte Elektroschocks aus, die Klackton schreiend aufspringen ließen. Sein Hinterteil brannte, als hätte er sich in Brennesseln gesetzt, und alles Reiben und Kratzen nützte nichts, sondern machte die Sache nur noch schlimmer. Während Klackton in gekrümmter Haltung neben dem Bett stand und unter Verrenkungen seine lädierten Körperstellen bearbeitete, sah er plötzlich ein Fremdwesen auftauchen.

Es war etwa 150 Meter groß, hatte zwei Arme und zwei Beine mit Vogelklauen und ging aufrecht. Es hatte einen Insektenkopf mit großen Facettenaugen und vibrierenden Fühlern. Der Körper war vorne hell und unbehaart, die Haut wirkte samtweich und empfindlich. Sein Rücken war stachelbewehrt; diese Stacheln begannen im Nacken, waren dort etwa fingerlang und erreichten in der Körpermitte eine Länge von einem Fuß.

Als das Fremdwesen Klackton erblickte, rollte es sich wie ein Igel zusammen und stellte die Stacheln auf, so daß es keine Angriffsfläche bot.

„Gnade", hörte es Klackton unter dem Stachelberg hervor wimmern. „Ich wollte gar nicht zu Euer Ehrenwert eindringen. Ich habe mich in der Tür geirrt. Mein Besuch sollte dem Schwarzen Piraten gelten."

„Und was wolltest du von diesem?" erkundigte sich Klackton, der schnell schaltete. Da er keine Maskierung trug, mußte der Fremde wohl annehmen, jemand anders als den Schwarzen Piraten vor sich zu haben. „Sprich schon. Was willst du vom Schwarzen Piraten?"

„Ich soll ihn töten", lispelte der stachelige Fremde, ohne seine Stellung zu verändern. „Aber ich bringe das bestimmt nicht über mich. Ich bin ein rechtschaffener Sklave, der noch nie ein Unrecht getan hat. Warum mußte ausgerechnet auf mich das Los fallen?"

„Steh auf, ich tu dir nichts", befahl Klackton. Und nachdem der Fremde seinem Befehl nachgekommen war, fragte er: „Wie heißt du?"

„Illbeezee", sagte der Stachelige mit nervös arbeitenden Mundwerkzeugen und gesenktem Kopf. Aber die starren Facettenaugen schienen Klackton prüfend zu taxieren. „Ich kenne Euer Ehrenwert nicht. Aber euer Ehrenwert gehören wohl zur großen Familie der ruhmvollen Sternenklaus."

„Nein, ich bin der Schwarze Pirat."

Illbeezee stieß einen schrillen Laut aus und wollte sich sofort wieder zusammenrollen, aber Klackton verhinderte das durch ein scharfes Kommando.

„Halt!" rief er. „Bleib aufrecht, Illbeezee. Ich glaube dir, daß du mir nichts anhaben willst. Aber aus welchem Grund solltest du mich töten?"

„Es hieß, daß wir Sklaven wieder unsere wohlverdiente Ruhe bekämen, wenn Euer Ehrenwert etwas zustieße", antwortete der Stachelige. „Da es so aussah, als wäre man in gewissen Kreisen über Euer Ehrenwert Dahinscheiden sehr froh, wurde beschlossen, daß einer von uns nachhelfen solle. Leider fiel das Los auf mich Unglücklichen. Aber ich schwöre, daß ich Euer Ehrenwert nichts hätte antun können."

„Ich glaube dir", wiederholte Klackton. Du kannst mich übrigens Walty nennen, so heiße ich nämlich wirklich."

„Und Euer Ehrenwert... du ehrenwerter Walty wirst mich nicht bestrafen?"

„Ich muß dem Schicksal dankbar sein, daß es dich zu mir geschickt hat", erwiderte Klackton. „Wir könnten Freunde werden. Du wärst ein wertvoller Verbündeter für mich, Illbeezee."

„Was kann ich schon tun, ich bin nur ein Sklave", sagte der Stachelige. „Ich weiß nicht einmal, wie ich mich aus der Affäre ziehen soll, wenn man merkt, daß du dich weiterhin deines Lebens erfreust."

„Wir werden schon einen Ausweg finden“, meinte Klackton. „Ich könnte dich zu meinem Diener machen.“

„Das schmeichelt mir zwar, aber ich wäre der Diener eines Todgeweihten“, sagte Illbeezee. „Auch wenn ich meinen Giftstachel nicht gegen dich richten kann, bedeutet das nicht, daß du außer Gefahr bist, Walty. Man wird nichts unversucht lassen, dich zu beseitigen. Du bist nicht einmal in deinen Gemächern sicher. Ich habe gehört, daß es auch die Techniker auf dich abgesehen haben. Sie grollen, weil sie deinetwegen auf ihre Posten zurückkehren mußten. Es wäre für sie ein leichtes, deine Gemächer unter Energie zu setzen und dich darin schmoren zu lassen.“

Illbeezee hatte kaum ausgesprochen, als plötzlich ein Knistern einsetzte. Es kam von allen Seiten und wurde immer intensiver. Die Beleuchtung begann zu flakkern. Aus den Wänden schlugen Blitze und entzündeten die Vorhänge. Kunststoffvertäfelungen begannen zu glosen und zu schmelzen. Aus dem Fußboden schlugen auf einmal Flammen, die schnell auf die Beläge und die Möbel übergriffen. Im Nu stand der ganze Raum in Flammen.

„Wir werden bei lebendigem Leib verbrennen!“ schrie Illbeezee mit schriller Stimme und lief aufgeregt hin und her. „Das ist das Werk der Techniker!“

Klackton blickte sich um. Seine einzige Rettung wäre der Kampfanzug gewesen. In seinem Schutz hätten ihm das Feuer und die Stromstöße nichts anhaben können, und vielleicht wäre es ihm auch gelungen, Illbeezee aus der Flammenhölle zu retten. Aber der Kampfanzug lag irgendwo hinter der Wand aus Feuer und Rauch und war unerreichbar für ihn.

Irgend etwas tauchte aus dem Rauch auf und schwebte über Klackton hinweg. Es war wie die Vision eines fliegenden Teppichs.

„Ist das dein Homophore, Walty?“ fragte Illbeezee.

„Fang ihn ein, er könnte unsere Rettung sein. Homophoren haben einen ausgeprägten Selbsterhaltungstrieb. Wenn es einen Ausweg gibt, dann findet er ihn bestimmt."

Klackton sprang hoch und bekam den fliegenden Teppich an den Fransen zu fassen. Trotz heftigen Widerstands gelang es ihm, den Homophoren zu sich herabzuziehen.

Illbeezee kletterte hinauf und zog Klackton dann hinterher. Der Homophore schwebte mit ihnen hoch. Dabei dehnte er sich nach allen Seiten hin aus, seine Ränder stülpten sich auf und schlugen über ihnen zusammen, bis sie völlig darin eingehüllt waren und Dunkelheit sie umfing.

„Was wird jetzt passieren?" erkundigte sich Klackton unbehaglich.

„Wenn es eine Möglichkeit zur Rettung gibt, dann wird der Homophore sie nützen", antwortete Illbeezee. „Spürst du die Bewegung, Walty? Er bringt uns fort. Ich weiß nicht, wohin. Kann sein, daß er mit uns in die Ruheräume geht und uns in den Tiefschlaf wiegt, oder ..."

Klackton dachte an Lela und an den bevorstehenden Gezeitenwechsel.

„Ich will nicht schlafen!" rief er entsetzt aus und hämmerte gegen den Homophoren. „Ich will hinaus. Ich muß handeln!"

„Abwarten", riet Illbeezee, der wieder völlig ruhig und gelassen wirkte. Er schien grenzenloses Vertrauen in den Symbionten zu haben. „Laß den Homophoren nur machen."

Klackton beruhigte sich, er sah ein, daß er nichts tun konnte und sein Schicksal diesem seltsamen Wesen überlassen mußte, das ihn einhüllte wie ein Kokon. Manchmal hatte er das Gefühl, als befinde er sich im freien Fall, als sei er gewichtslos und als schwebe er. Dann wurden ihm die Glieder wieder schwer und bleiern, wie bei einem Beschleunigungsflug mit einer Belastung von mehreren Gravos. Danach kam wieder Schwerelosigkeit, und dabei blieb es.

Klackton bekam einen kurzen Stoß, dann spürte er, wie sich der Homophore entfaltete. Um ihn war Dunkelheit.

„Wo sind wir?“ fragte er.

„Rein gefühlsmäßig würde ich sagen, daß der Homophore uns zu einem anderen Asteroiden gebracht hat“, sagte Illbeezee. „Das ist ein viel kleinerer Brocken als 1 Paradiso, denn er besitzt nur eine kaum wahrnehmbare Schwerkraft. Da es keine künstliche Gravitation gibt, dürfte es sich um einen unbedeutenden Asteroiden handeln.“

„Was sagst du da?“ fragte Klackton. „Wie sollen wir zu einem anderen Asteroiden gelangt sein?“

„Ist es die Möglichkeit“, meinte Illbeezee verwundert. „Da besitzt du den prächtigsten Symbionten, den ich je gesehen habe, und weißt nicht, daß man mit ihm auch von Asteroid zu Asteroid fliegen kann.“

„Das ist ja entsetzlich!“ rief Klackton aus. „Ich muß nach 1 Paradiso zurück. Mir bleiben nur noch vierundzwanzig Stunden, um die Bahnkorrektur vorzunehmen und Lela zu befreien.“

„Wenn der Homophore uns zu einem anderen Asteroiden geflogen hat, dann kannst du ihm auch befehlen, uns zurückzubringen“, erklärte Illbeezee. „Aber vielleicht sollten wir erst einmal in Erfahrung bringen, wo wir hier sind.“

Klackton versuchte, die Dunkelheit mit den Augen zu durchdringen. Da hörte er ganz in der Nähe ein Geräusch. Plötzlich erhob sich ein wüstes Geschrei, und Klackton spürte, wie einige schwere Körper auf ihm landeten. Trotz heftigster Gegenwehr mußte er sich schließlich der Übermacht geschlagen geben. Er wurde von den Unbekannten, deren Aussehen er in der Dunkelheit nicht einmal erahnen konnte, zusammengeschnürt wie ein Paket und an den Beinen fortgeschleift – einem ungewissen Schicksal entgegen.

6.

Man erreichte das Zielsystem, ohne daß es besondere Vorkommnisse gegeben hätte. Zumindest waren im Logbuch keine vermerkt. Aber das Logbuch sagte nichts darüber aus, was der Kommandant der WINDPOCKEN während des Fluges mitgemacht hatte.

Der Vorstoß ins Zentrum der Milchstraße war immer ein Wagnis. Hier standen die Sonnen überaus dicht, so daß man nur kurze Linearetappen riskieren konnte, um Kollisionen zu vermeiden. Der Kurs mußte stets neu berechnet werden, und das erforderte äußerste Konzentration.

Aber wie konnte man sich konzentrieren, wenn man einen Roboter im Genick hatte, der ständig kiebitzte und einem mit seinem Besserwissertum den Nerv tötete. Er trieb sich die ganze Zeit über in der Kommandozentrale herum, registrierte jede Bewegung, die gemacht wurde, und jedes Wort, das gesprochen wurde – und gab jedesmal seinen Senf dazu. Man konnte keinen Handgriff tun, ohne einen seiner albernen Kommentare zu riskieren, die mit der stereotypen Einleitung begannen „Kombiniere, daß ..." Es war zum Auswachsen. Der Kommandant wagte es nicht einmal mehr, irgendeine Taste zu drücken, weil er Angst hatte, daß er zu hören bekam: „Kombiniere, daß Sie den richtigen Knopf gedrückt haben, Kapitän."

Und Leutnant Traphunter rührte keinen Finger, um diesen Unsinn abzustellen. Zum Glück ließ sie selbst sich nur selten blicken, und der schweigsame und unnahbare Dr. Watson blieb der Kommandozentrale gänzlich fern.

„Kombiniere, daß wir am Ziel sind", stellte der robotische Meisterdetektiv fest, als sie die letzte Lineare-tappe beendet hatten. „Es wird wohl Zeit, daß ich Watson und Annemy hole, damit wir eine Lagebesprechung abhalten."

„Ja, geh nur", sagte der Kommandant. In der Kommandozentrale machte sich allgemeine Erleichterung breit, als der Roboter zum Antigravschacht stolzierte und darin verschwand. Der Kommandant hoffte jedoch vergeblich, daß die Kraftfelder ausfielen und er das Krachen des in der Tiefe zerschellenden Roboterkörpers hören würde. Das Schicksal hatte eben kein Einsehen mit ihm. Es gönnte ihm und der diensthabenden Mannschaft nur zehn Minuten Erholung, dann kam der aufdringliche Roboter mit Leutnant Traphunter und dem schweigsamen Dr. Watson zurück. Der Kommandant wußte, was jetzt kommen würde . . .

„Kombiniere, daß wir uns auf Schleichfahrt ins Zielgebiet befinden", ertönte auch prompt die blecherne Stimme, die den Kommandanten noch lange in seinen Alpträumen verfolgen würde. „Wie wäre es mit einem ersten Lagebericht, Kapitän?"

„Wir kreuzen gerade die Bahn des zweiten Planeten", antwortete der Kommandant automatisch. „Das System besteht aus insgesamt sieben Planeten. Die Sonne ist ein roter Riese, ein sterbender Stern, der knapp vor dem Kollaps zum Schwarzen Loch steht und deshalb ein starker Hyperstrahler ist. Diese Hyperemission wirkt sich überaus störend auf die Navigationsinstrumente aus und macht das Manövrieren um so schwerer, je näher man der Sonne kommt. Das stellt höchste Anforderungen an jeden Raumfahrer und erfordert größtmögliche Konzentration . . ."

„Ruhig Blut, Kommandant", sagte Annemy und klopfte ihm auf die Schulter. „Sie haben es bald überstanden. Schon eine Spur von der ROBINSON?"

„Wir haben auf der USO-Frequenz gefunkt, aber keine Antwort erhalten", antwortete der Kommandant. „Eine Ortung ist wegen der Entfernung und der Störfelder noch nicht möglich – sofern wir annehmen, daß sich die ROBINSON im Bereich der Felix-Asteroiden befindet."

Annemy überflog die ausgeworfenen Ortungsergebnisse. Demnach herrschte in diesem Sonnensystem keinerlei Hyperfunkverkehr. Nur aus der Richtung der Felix-Asteroiden, die als langgestrecktes Band in unmittelbarer Nähe der Sonnenkorona ausgemacht wurden, hatte man einige schwache Impulse registriert. Das bedeutete, daß sich das Leben in diesem stark abgegrenzten Bereich konzentrierte.

Die WINDPOCKEN schnitt die Bahn des innersten Planeten und war bald darauf nur noch zehn Millionen Kilometer von den Felix-Asteroiden entfernt.

„Ortung positiv!" meldete der Ortungsspezialist.

„Kombiniere, daß man die ROBINSON ausgemacht hat", konnte sich Billy the Kid nicht zu sagen verkneifen. „Ich würde vorschlagen, einen Funkrichtstrahl, extrem gebündelt und konzentriert, zu dem Schiff zu schicken."

Der Kommandant warf ihm einen giftigen Blick zu. „Darauf wäre ich von selbst wirklich nicht gekommen", meinte er knurrend. „Also, Sparks", rief er in die Funkzentrale, „du hast gehört, was Mr. Holmes angeordnet hat."

„Aye, aye, Sir!" Der Funker schickte den gebündelten Richtstrahl im USO-Code aus und ließ ihn automatisch wiederholen. Eine Weile herrschte angenehme Stille in der Kommandozentrale, dann meldete der Funker: „Die ROBINSON antwortet nicht."

„Kombiniere, daß an Bord etwas nicht stimmt", klärte Billy the Kid die Mannschaft auf.

„Teufel auch, Mr. Holmes, wie sind Sie darauf nur wieder gekommen", höhnte der Kommandant.

„Logisches Denken ist alles", erwiderte der Gauchoroboter herablassend. Er zückte sein Vergrößerungsglas, das mit einer Magnethalterung an seinem Körper befestigt war und betrachtete den Bildschirm, auf dem nun der 500-Meter-Raumer als tennisballgroße Kugel erfaßt wurde. „Und was ist deine Meinung, Watson?"

Der Kommandant blickte gegen seinen Willen zu dem schweigsamen Mann, und als dieser zum erstenmal während der ganzen Reise den Mund zum Sprechen öffnete, erwartete der Kommandant das sattsam bekannte „Kombiniere ..." zu hören zu bekommen. Aber Dr. Watson hatte einen anderen Tick. Er sagte:

„Ich twilze, daß alle Mann der achthundertköpfigen Besatzung in den Beibooten festsitzen und weder aus dem Schiff, noch in dieses hinein können. Weiter twilze ich, daß Walty Klackton für ihre mißliche Lage verantwortlich ist."

„Kombiniere, daß dies den Tatsachen entspricht", sagte Billy the Kid beipflichtend, während er den Bildschirm noch intensiver durch das Vergrößerungsglas betrachtete. „Das hast du großartig gemacht, Watson. Vielleicht ist es mir gestattet, ergänzend hinzuzufügen, daß die Mannschaft wohlauf ist, sieht man von ihrem psychischen Zustand ab. Doch diesen könnte man profan als Groll gegen Walty Klackton definieren."

Da platzte dem Kommandanten der Kragen.

„Wie, verdammt noch mal, wollen Sie mit einem Blick durch das Vergrößerungsglas erkennen können, was sich auf der ROBINSON abspielt", rief er entrüstet. „Niemand kann mir weismachen, daß man mit einer geschliffenen Glasscherbe durch die Terkonithülle eines Raumschiffs und in die Gehirne der Besatzung blicken kann. Das ist zuviel. Ich lasse mich doch nicht verar ... veräppeln", orrigierte er sich mit einem Seitenblick auf Annemy.

„Ja, lieber Kapitän, dazu bedarf es eben vieler Jahre des logischen Kombinierens", sagte Billy herablassend.

„Sie dürfen Dr. Watson getrost glauben", mischte sich Annemy ein. „Er weiß, was er twilzt. Sie können ja ein

Prisenkommando zur ROBINSON schicken und sich von der Richtigkeit seiner Worte überzeugen. Das ist reine Routinesache. Wenn Sie die Mannschaft aus ihrer mißlichen Lage befreit haben, können Sie nach Quinto-Center funken, daß das Schiff gerettet ist. Wir werden diese Aktion jedoch nicht mehr abwarten, sondern in den Asteroidenschwarm twilzen und den Schuldigen stellen. Wenn wir Korporal Klackton in Gewahrsam genommen haben, und das wird bei den Fähigkeiten von Holmes und Watson nicht all zu lange dauern, twilzen wir wieder zurück."

„Aha", machte der Kommandant, der immer mehr zu der Ansicht kam, daß man groben Unfug mit ihm trieb. „Sie twilzen einfach hin und her, und damit ist die Sache erledigt."

Annemy nickte mit ernster Miene.

„Sie haben dabei weiter nichts zu tun, als die Mannschaft der ROBINSON zu befreien. Wir liefern Ihnen dann Klackton frei Haus."

„Wird gemacht", versprach der Kommandant mit finsterem Gesicht.

„Dann wollen wir mal", sagte Annemy an Dr. Watson gewandt. „Versuche den Ort zu twilzen, an dem Walty sich aufhält, Otto, und bringe uns in seine Nähe. Das schaffst du doch mühelos."

Dr. Watson, der mit Vornamen Otto zu heißen schien, machte ein verkniffenes Gesicht und antwortete:

„Ganz so einfach geht es nicht. Irgend etwas zehrt an meinem Geist und stört meinen Twilz. Diese fremdpsionischen Einflüsse, denn nur um solche kann es sich handeln, sind überaus stark und verwirren mich. Die Ausstrahlung muß von überaus talentierten Twilzern kommen."

„Meinst du damit, daß auf den Asteroiden Artgenossen von dir leben?" fragte Annemy besorgt.

„Das wären dann also ebenfalls Watsons, he?" warf der Kommandant angriffslustig ein. „Ja, ja, ein Watson kommt selten allein. Wieviele davon gibt es denn? Seid ihr Watsons eine große Familie?“

„Nein, so meine ich das nicht“, sagte Dr. Watson. „Die Twilzer der Asteroiden sind keine Ottomanen, sondern Wesen anderer Abstammung, nur eben mit einem starken Twilz. Es könnten auch Menschen sein.“

„Kombiniere, daß du damit grundsätzlich para-begabte Wesen meinst, Watson“, sagte Billy the Kid. „PSI-Talente also, Mutanten sozusagen.“

„Richtig“, bestätigte Dr. Watson. „Ihre psionischen Sendungen verwirren meinen Twilz . . .“

„Soll ich Ihnen meinen Twilz leihen, Dr. Watson?“ erkundigte sich der Kommandant mit falscher Hilfsbereitschaft.

„Versuche es trotzdem, Otto“, sagte Annemy, die Einmischung des Kommandanten ignorierend. „Twilze uns nur zu den Asteroiden, dann werden wir schon weitersehen. Wenn du Walty erst einmal näher bist, wirst du ihn schon ausfindig machen. Sein Twilz ist unverwechselbar.“

Annemy überprüfte noch einmal ihre Ausrüstung. Sie trug nur einen leichten Druckanzug ohne Helm; für Einsätze im luftleeren Raum konnte sie eine faltbare Vaku-Haube aufsetzen oder sich durch einen Energieschirm schützen. In den Anzug war eine komplette technische Ausrüstung integriert. Ihre Bewaffnung bestand aus einem Fauststerahler und einem Paralysator.

„Ich bin bereit“, sagte sie, und an den Kommandanten gewandt, fügte sie hinzu: „Sie wissen ja, was Sie zu tun haben.“

„Ich wünsche guten Twilz“, erwiderte der Kommandant feindselig. Aber dann blieb ihm während des Sprechens vor Staunen der Mund offen. Er sah, wie sich Dr. Watson vor seinen Augen in ein schneeweißes Pelzwesen verwandelte und dann zusammen mit Leutnant Traphunter und dem schrulligen Roboter verschwand. Einfach so, als hätten sie sich in Luft aufgelöst.

„Habt ihr auch gesehen, was ich gesehen habe?“ fragte er seine Männer, als er die Sprache wiederfand.

„Ist doch egal, was du gesehen hast, Hamp“, sagte sein Stellvertreter, der im entscheidenden Moment gerade in eine andere Richtung geblickt hatte. „Hauptsache, wir sind sie los.“

„Ja ... aber es kommt auch auf das *Wie* an.“

Ein Funker glaubte, einen guten Witz zu machen, indem er sagte:

„Kombiniere, daß wir nun unsere Ruhe haben.“

Aber niemand lachte darüber.

Annemy fand sich in einer hohen Halle wieder, die sich nach links und rechts in der Ferne verlor. Das heißt, die Sicht wurde durch eine starke Bodenkrümmung verkürzt und der nahe Horizont durch Hindernisse verstellt. Aufgrund dieser ersten Eindrücke schätzte sie, daß sie sich auf einem Himmelskörper mit weniger als zweihundert Kilometern Durchmesser befanden. Die Schwerkraft betrug höchstens ein Viertelgravo – aber selbst dieser bescheidene Wert mußte künstlich erreicht worden sein.

„Kannst du twilzen, auf welchem Asteroiden wir sind, Otto?“ fragte Annemy das Pelzwesen, das sich nicht wieder in die Gestalt des „Dr. Watson“ zurückverwandelt hatte. Dabei beobachtete sie ihre Umgebung.

Zweifellos waren sie in einem sub-asteroiden Bereich herausgekommen. Die Halle bestand aus gewachsenem Fels, und in diesen waren Quergänge geschlagen worden. Es gab unzählige Höhlenöffnungen in den über fünfzig Meter hohen Wänden. Manchmal lagen bis zu fünfzehn Höhleneingänge übereinander, und sie reichten bis zur Decke hinauf. Die oberen Höhlen erreichte man über wackelig aussehende Trittsteine, die aus den Wänden ragten. Die meisten der Höhlen waren jedoch durch Felsquader verschlossen.

Die Halle machte einen verlassenen Eindruck. Es waren nur wenige Wesen unterwegs. Der Großteil von ihnen war menschlich, aber es fanden sich auch einige skurrile Geschöpfe darunter.

Ein Echsenwesen kam ihnen entgegen. Es sah fast so aus, als wolle es den in Gedanken versunkenen Otto einfach niederrennen. Aber dann machte es im letzten Moment einen Hops zur Seite, drehte sich, empört, wie es schien, nach dem zierlichen Pelzwesen um, raffte seinen bunten Umhang vorne zusammen und eilte dann mit großen Sprüngen weiter.

Annemy fiel auf, daß fast alle Passanten solche Umhänge trugen, die zwar unterschiedliche Muster aufwiesen, aber einander doch sehr ähnlich waren. Hoch über sich sah Annemy cin Spinnenwesen über die Trittsteine huschen. Es lief auf sechs Extremitäten und hielt mit den beiden verbliebenen einen ebensolchen Umhang fest, den es wie zum Schutz über seinen prallen Eikörper breitete. Das spinnenbeinige Geschöpf schlüpfte in eine Höhle. Gleich darauf wurde die Öffnung mit einem Felsquader verschlossen.

Es schien fast so, als seien sie während einer beginnenden Schlafperiode hierher gekommen. Aber das hatte vielleicht auch seine Vorteile.

„Was ist, Otto", bedrängte Annemy den Twilzer nach längerem Schweigen. „Hast du herausgefunden, auf welchem Asteroiden wir sind?"

„Ich glaube, er heißt 1001 Padernosta", sagte Otto zögernd. „Zumindest habe ich diesen Namen aus den meisten Gehirnen getwilzt. Aber es sind auch einige andere Namen aufgetaucht."

„In welchem Zusammenhang?" wollte Annemy wissen.

„Die Wesen dachten daran, sich entweder auf 745 Gruppes oder nach 1055 Lochness zur Ruhe zu begeben", antwortete Otto. „Sie denken alle nur ans Schlafen. Und alle haben es ziemlich eilig damit."

„Gebrauche weiterhin deinen Twilz und versuche, etwas über Walty herauszufinden", sagte Annemy. „Wenn du irgendeinen Anhaltspunkt gefunden hast, sage es mir sofort."

„Ich werde mich bemühen", versprach Otto.

Billy the Kid schlich gebückt hinter ihnen her und betrachtete die Umgebung kritisch durch sein Vergrößerungsglas. Mal verhielt er den Schritt, um eine Bodenstelle genauer in Augenschein zu nehmen, dann ließ er sein Vergrößerungsglas über einer Stelle der Wand kreisen.

„Nein", sagte er einmal ganz entschieden, nachdem er einen Flossenabdruck auf einem Trittstein genauer in Augenschein genommen hatte, „hier war Walty ganz sicher nicht."

„Ich glaube, du vergeudest deine Kräfte, Holmes", versuchte Annemy ihm sein fruchtloses Treiben auszureden. „Es wäre doch zu unwahrscheinlich, wenn Klack-Klack bei hunderttausend Asteroiden gerade auf diesen verschlagen worden wäre."

Das hätte sie besser nicht getan, denn nun mußte sie einen Vortrag darüber über sich ergehen lassen, daß ein gewissenhafter Meisterdetektiv methodisch vorzugehen habe. Und eine der vielen Methoden, einen Fall aufzuklären, wäre die, erst einmal all jene Orte herauszufinden, wo ein Verbrechen nicht stattgefunden haben konnte, bis nur noch der wahre Tatort übrigblieb.

Annemy schwieg dazu und nahm sich vor, fortan nicht mehr auf Billys Schrullen einzugehen. Es führte doch zu nichts.

Sie kamen zu einer Stelle, an der sich die Halle zu einer gigantischen Höhle weitete, die bestimmt fünfhundert Meter breit und einen Kilometer lang war. Die Decke war nicht zu sehen, sie lag so hoch, daß sie sich im Zwielicht verlor. Hier herrschte ungleich mehr Betrieb. Es gab einige Reihen von Verkaufsbuden, zwischen denen sich die verschiedensten Wesen drängten. Aber auch hier herrschten die Humanoiden vor. Die Luft war erfüllt von lautem Stimmengewirr.

Die Wände der Höhle wiesen ebenfalls unzählige Öffnungen in jeder Höhe auf, die man über Trittsteine erreichen konnte. Nur waren die Öffnungen durchwegs größer, und da in manchen mehrere Wesen verschwanden und sie sich hinter ihnen nicht sogleich schlossen, nahm Annemy an, daß es sich um Massenquartiere handelte. Bei den meisten Ständen wurden Umhänge angeboten; die Händler brauchten sie gar nicht groß anzupreisen, denn sie wurden ihnen förmlich aus den Händen, Tentakeln oder Klauen gerissen.

Gleich neben dem Zugang in die große Höhle stand ein halbnackter Ertruser auf einem Felspodest. Hinter ihm war ein geschmücktes Portal, hinter dem absolute Finsternis herrschte. Menschen und andere Wesen standen davor Schlange. Zwei etwa drei Meter große Humanoide, die durchscheinend waren als bestünden sie aus Glas, verteilten Umhänge an die Wartenden.

„Kommt nur näher, Herrschaften“, rief der Ertruser mit seiner dröhnenden Stimme. „Bei Multiphon findet jeder ein Plätzchen zum Schlafen. Keine Massenlager! Individuelle Betreuung für jeden. Unser Haus ist das beste am Platz. Unsere Homophoren sind sorgsam ausgewählte Exemplare. Bei uns gibt es keine Nieten. Wir garantieren friedlichen Schlummer und süße Träume. Kommt und prüft die Qualität unserer Homophoren. Noch reicht der Vorrat, damit sich jeder einen Schlafspender nach seinem Geschmack aussuchen kann. Beeilt euch, Leute, bei Perihel ist es zu spät. Oder wollt ihr zum Gezeitenwechsel noch wach sein? Wollt ihr es riskieren, den Verstand zu verlieren oder auf Nimmerwiedersehen im anderen Kontinuum zu verschwinden? Wir ehren die Irren Weisen, die den Gezeitenwechsel in wachem Zustand überlebt haben. Aber, Hand aufs Herz, wer von uns möchte schon ein Irrer Weiser sein?"

Der Ertruser lachte grölend über seinen Witz. Plötzlich fiel sein Blick auf Billy the Kid, der interessiert nähergekommen war und einen der ausgehängten Umhänge durch sein Vergrößerungsglas betrachtete.

„Auch du, mein Freund, kannst bei Multiphon Schlaf finden", rief der Ertruser Billy zu. „Wir haben auch auf Positroniken spezialisierte Homophoren. Aber nicht diese hier, die sind für Nuxaläer bestimmt."

Billys Vergrößerungsglas zuckte von dem Umhang zurück, als hätte er einen elektrischen Schlag erhalten.

„Ist das ein Homophore?" fragte er den Ertruser.

„Wie witzig!" dröhnte dieser. „Natürlich. Was soll es denn sein? Ein Bettvorleger? Hast du an ihm vielleicht etwas auszusetzen?"

„Nein, er erinnert mich nur an die Umhänge, die drei Klienten von mir trugen", erwiderte Billy und stieg die Stufen zum Podest hoch. „Aber sie haben falsches Spiel mit mir getrieben. Deshalb bin ich auf der Suche nach ihnen. Kennen Sie zufällig diese Männer? Es sind Brüder. Sie haben rotes Haar und Vollbärte von ebensolcher Farbe. Und, ja, sie trugen solche Umhänge."

„Diese Beschreibung trifft auf ein Zehntel der Asteroidenbevölkerung zu", sagte der Ertruser unwirsch. „Denn jeder zweite männliche Springer hat einen roten Vollbart."

„Stimmt, es waren Springer", sagte Billy. „Vielleicht kann ich Ihrem Gedächtnis nachhelfen, wenn ich Ihnen ihre Namen nenne. Sie hießen Kryolith, Löllingit und Anhydrit."

„Ich kenne eigentlich nur eine Springersippe, die ihre Söhne nach Mineralien benennt," meinte der Ertruser mit gesenkter Stimme. „Und das sind die Sternenklaus."

„Richtig, so nannten sie sich! Sie kennen sie also?"

„Nicht so laut", sagte der Ertruser beschwichtigend und blickte sich ängstlich um. „Wir sind hier im Feindgebiet, auf 1001 Padernosta führt die Shaggen-Sippe das große Wort. Es braucht nicht gleich jeder zu wissen, daß ich ein Spion der Sternenklaus bin. Verschwinde jetzt. Ich mache hier noch eine Weile weiter, um keinen Verdacht zu erregen. Wir treffen uns dann drüben beim Tauchbecken. Du weiß doch, wo das ist?"

„Ich werde den Weg schon finden", meinte Billy und verließ das Podest. Als er zu Billy und Annemy zurückkehrte, sagte er: „Kombiniere, daß ich der Lösung des Falles schon um einen großen Schritt näher bin. Diese Spur wird uns geradewegs zu den Schuldigen führen. Watson, notiere: Treffpunkt mit dem Informanten ist das Tauchbecken."

Annemy ließ sich von Billy berichten, was er mit dem Ertruser besprochen hatte, und mußte zugeben, daß er durch seine unorthodoxe Art, Ermittlungen anzustellen, zu einem verblüffenden Teilerfolg gekommen war. Der Ertruser war immerhin ein Verbindungsmann der Sternenklau-Sippe und konnte ihnen vielleicht weiterhelfen.

„Aber von jetzt an überläßt du die Sache besser mir", sagte sie zu Billy. „Hast du wenigstens erfahren, wo dieses Tauchbecken liegt?"

„Überlaß das nur meinem Spürsinn, Annemy", meinte Billy großsprecherisch. „Es ist die einfachste Sache von der Welt. Wir brauchen uns nur nach der nächsten Badeanstalt zu erkundigen."

Annemy seufzte ergeben und ließ Billy seinen Willen. Aber diesmal hatte ihn sein selbstgepriesener Spürsinn offensichtlich in Stich gelassen, denn er bekam von den Befragten durchwegs unbefriedigende Antworten. Ein Vogelwesen, das er fragte, riet ihm unbedingt davon ab, in einem Bad den Gezeitenwechsel zu verschlafen, weil das angeblich zu Alpträumen führte. Ein Kampfroboter, der bewegungslos in der

Mitte des Platzes stand und mit wachsamer Optik das Treiben beobachtete, klärte Billy darüber auf, daß „unsereins das Wasser von 1001 Padernosta nicht bekommt – es macht Rostflecken".

Daraufhin hielt Annemy kurzerhand einen Mann an und erkundigte sich einfach nach dem Tauchbecken.

„Wenn du noch zu einem anderen Asteroiden tauchen willst, dann mußt du dich beeilen, Schwester", antwortete er. „Ich habe gehört, daß sie gleich schließen wollen, weil ihnen die Homophoren ausgehen und so kurz vor Perihel kein Nachschub mehr zu erwarten ist. Geradeaus, bis zum Ausgang. Dann noch zweihundert Schritt bis zur Abzweigung nach links. Von dort kannst du die Rotunde schon sehen. Das ist der kürzeste Weg."

Sie hatten die Höhle beinahe durchquert, als Annemy von links ein vertrauliches „Pst!" vernahm. Sie drehte sich in die Richtung und erblickte dort eine schmale, großgewachsene Gestalt, die sich in einen übergroßen Umhang gewickelt hatte. Durch einen schmalen Schlitz konnte sie ein geierartiges Gesicht mit zwei glühenden Augen sehen. Aus dem Umhang kam eine knochige, zehnfingrige Hand hervor und winkte ihr. Dabei wandte sich die Gestalt ab und tauchte in der Menge unter.

Annemy gab Billy und Otto ein Zeichen und folgte dem Fremden.

„Was twilzt du, Otto?" fragte sie den Ottomanen, während sie bemüht war, den Unbekannten nicht aus den Augen zu verlieren.

„Ich twilze ziemlich verschwommen, daß er Gnuvox heißt und unsere Notlage zu seinem Vorteil ausnützen möchte", sagte Otto. „Aber, Annemy, mein Twilz wird immer schwächer. Die anderen Twilzer haben mich ausgemacht und konzentrieren sich nunmehr darauf, mich zu schwächen . . ."

„Halte noch ein wenig aus", beschwor ihn Annemy.

„Es könnte sein, daß du uns schnellstens von hier forttwilzen mußt.“

„Ich werde mein Bestes geben“, versprach Otto, sah dabei aber recht unglücklich aus.

„Kombiniere, daß ich auf der richtigen Fährte bin“, rief Billy triumphierend und folgte Annemy mit gezücktem Vergrößerungsglas.

Gnuvox eilte einige Trittbretter hinauf und verschwand in einer Höhle der fünften Etage.

„Kommt!“ rief er mit krächzender Stimme von oben herab. „Folgt mir.“

Annemy kletterte zu der Höhle hinauf. Davor zögerte sie jedoch.

„Was twilzt du, Otto?“ fragte sie das Pelzwesen.

„Gar nichts“, antwortete Otto bekümmert. „Ich kann nicht mehr twilzen. Der fremde Twilz ist überall um mich.“

„Kommt“, lockte die heisere Stimme aus der finsteren Höhle.

Annemy blickte in die große Höhle zurück. Irgend etwas schien sich dort zusammenzubrauen. Die Wesen, die sich an den Eingängen zu den Schlafhöhlen versammelt hatten, wirkten nicht mehr so diszipliniert wie vorher. Sie bildeten keine geordneten Reihen mehr, sondern drängten rücksichtslos zu den Höhlen. Die ersten Tumulte brachen aus.

Einige Homophoren lösten sich von den Stangen, auf denen sie gehangen hatten, erhoben sich in die Luft und schwebten majestätisch dahin. Es wurden ihrer immer mehr, und bald flogen sie zu Hunderten dahin. Es war wie ein Märchen aus tausendundeiner Nacht: Die Invasion der fliegenden Teppiche! Eine Weile sah es so aus, als hätten sie Mühe, sich zu orientieren. Aber auf einmal drehten sie alle wie auf Kommando ab und kamen in ihre Richtung geflogen.

Annemy spürte, daß von diesen seltsamen Lebewesen eine unheimliche Bedrohung ausging. Sie hatte keine Ahnung, ob der Angriff ihnen galt oder nicht, aber sie wollte auch gar nicht warten, bis sich die Absichten der Homophoren herausstellten.

Ein Blick in Ottos verzerrtes Mopsgesicht sagte ihr, daß das Pelzwesen schwer unter dem parapsychischen Ansturm der fremden PSI-Macht zu leiden hatte. Und sie fragte sich, ob die Impulse etwa von den Homophoren kamen.

Ohne weiter darüber nachzudenken, gab sie Otto einen leichten Stoß und folgte hinter ihm in die Höhle.

„Gnuvox, wo bist du?“ rief sie in das Dunkel der Höhle hinein.

Ein erstaunter Ausruf erklang, dann fragte eine krächzende Stimme:

„Woher kennst du meinen Namen?“

„Ist das jetzt denn wichtig?“ erwiderte Annemy und hielt sich an Ottos pelziger Schulter fest, während sie durch das Dunkel stolperte. „Ich hatte den Eindruck, daß du uns helfen wolltest. Wenn das noch immer deine Absicht ist, dann bringe uns an einen Ort, wo wir vor den Homophoren sicher sind. Sie haben sich zu Tausenden erhoben und fliegen in unsere Richtung.“

„Das verstehe ich nicht“, erklang die krächzende Stimme ganz dicht vor ihr. Im nächsten Augenblick kam es zum Zusammenstoß, und Otto wurde zwischen ihr und dem Fremden eingezwängt – was ein sicheres Anzeichen dafür war, daß er seinen Twilz verloren hatte. Gnuvox fuhr fort: „Die Homophoren sind im Grunde genommen ganz harmlose Wesen, bessere Haustiere, die bedingungslos gehorchen.“

„Fragt sich nur, wem sie im Augenblick gehorchen“, meinte Annemy.

Hinter ihr brach plötzlich ein Gepolter los, und dann hörte sie Billy sagen:

„Ich werde mich doch nicht in jeder Lebenslage auf mein Detektivglas verlassen, sondern mich nunmehr meines Nachtsichtgeräts bedienen.“

„Nicht so laut!" ermahnte Gnuvox. „Hier sind überall Schläfer. Wenn man sie aus ihren Träumen reißt, werden sie sehr ungemütlich."

„Wohin bringst du uns, Gnuvox?" fragte Annemy.

„Zum Tauchbecken," antwortete ihr Führer. „Ich habe mitangehört, daß Multiphon euch dorthin bestellt hat und möchte euch aus sicherer Entfernung zeigen, in welche Falle er euch locken wollte. Der Ertruser ist ein Doppelagent. Er arbeitet sowohl für die Sternenklaus als auch für die Shaggen. Und da er bei den Shaggen im Augenblick nicht hoch im Kurs steht, braucht er unbedingt einen Erfolg. Dazu solltet ihr ihm verhelfen. Er hält euch für Spione der Sternenklaus, aber ich weiß, daß ihr das nicht seid."

„Und für wen arbeitest du, Gnuvox?" fragte Annemy.

„Ich bin mein eigener Herr." Er verstummte und schien zu lauschen. „Hört ihr es?" Er machte wieder eine Pause, und jetzt konnte auch Annemy das leise Rascheln hören, das von allen Seiten zu kommen schien und sich anhörte wie das Aneinanderreiben von Fledermausflügeln. Gnuvox fuhr fort: „Das sind die Homophoren, die die Ruhenden in den Tiefschlaf wiegen sollen. Ich habe es noch nie erlebt, daß sie ihre Schützlinge so knapp vor dem Gezeitenwechsel im Stich lassen. Daran müßt ihr schuld sein. Eure Nähe macht sie ganz konfus."

Annemy drückte Ottos Schulter, weil sie spürte, wie er zitterte und sagte:

„Unsinn. Wir sind nicht anders als die anderen."

„Ihr seid Fremde, das habe ich sofort gemerkt", erwiderte Gnuvox. „Wenn ihr durch eure bloße Anwesenheit das Heer der Homophoren aufgescheucht habt, dann seid ihr noch weitaus interessanter, als ich geglaubt habe. Doch darüber unterhalten wir uns später. Zuerst müssen wir diesen Asteroiden verlassen."

„Und wie stellst du dir das vor?" fragte Annemy.

„Das Tauchbecken ist für alle da“, sagte Gnuvox. „Los, weiter.“

Rings um sie war ein Flattern wie von unzähligen Flügeln. Dazwischen erklang immer lauter werdendes Stimmengemurmel.

„Kombiniere, daß die Schläfer erwachen“, sagte Billy. Er hatte sich vor Annemy und Otto gedrängt und geleitete sie nun sicher durch die Dunkelheit, die für ihn dank seines Nachtsichtgeräts nicht mehr hinderlich war. „Hoffentlich werden wir nicht angepöbelt, denn ich verabscheue nichts so sehr wie rohe Gewalt. Ich kämpfe lieber mit den Waffen des Geistes.“

Vor ihnen erklang ein Fluch.

„Was ist?“ erkundigte sich Annemy.

„Gnuvox hat seinen Umhang verloren, und der flattert jetzt wie ein Schmetterling durch die Höhle“, erklärte Billy. „Es wimmelt hier nur so von diesen Homophoren. Die Höhle ist voll von ihnen. Sie umschwirren unsere Köpfe wie Motten das Licht.“

Annemy spürte, wie etwas Haariges, Seidiges über ihr Gesicht strich, und zuckte unwillkürlich zusammen. Otto stöhnte auf und taumelte. Annemy griff in die Dunkelheit und konnte ihn gerade noch auffangen.

„Ich bin so schwach ...“, murmelte das Pelzwesen.

„Ich werde dich tragen,“ sagte Annemy. Otto war nicht schwer, sie spürte sein Gewicht kaum. Sie war in großer Sorge um das Pelzwesen, dessen schlaffer Körper wie leblos in ihren Armen lag.

Sie erreichten das Ende der Höhle. Gnuvox’ knochiger Körper hob sich wie ein Skelett vor dem helleren Hintergrund ab.

„Vorsicht jetzt“, mahnte er. „Unter uns ist das Tauchbecken. Und dort ist auch Multiphon. Die beiden Shaggen-Leute in seiner Nähe sind bestimmt nicht zufällig hier. Die warten auf euch.“

Annemy erreichte den Höhlenausgang und blickte vorsichtig über den Trittstein in die Tiefe. Etwa zehn

Meter unter ihr war im Boden ein kreisrunder Schacht, der einen Durchmesser von zwanzig Metern hatte. Er war durch ein mannshohes Geländer abgesichert. Es gab nur einen Zugang. Dort hatten sich etwa dreißig verschiedene Wesen versammelt. In diesem Moment trat gerade ein Mann auf die Rampe hinaus und sprang in die Tiefe, ohne zu zögern.

„Was geschieht mit ihm?“ fragte Annemy.

„In dem Schacht befinden sich Homophoren, die darauf abgerichtet sind, Reisende zu anderen Asteroiden zu bringen“, erklärte Gnuvox. „Man braucht nur an das gewünschte Reiseziel zu denken, wenn man auf einem Homophoren landet. Und er nimmt diesen Gedanken auf und bringt einen dorthin.“

„Auf welche Weise?“

„Frage mich lieber etwas Leichteres“, erwiderte Gnuvox. „Die Homophoren allein wissen, wie sie die oftmals gewaltigen Entfernungen in der kurzen Zeit bewältigen. Aber uns kann das egal sein. Hauptsache, sie bringen uns fort.“

Dann sind diese Wesen also doch parapsychisch begabt und haben Ottos Twilz geespert, woraufhin sie ganz renitent wurden, dachte Annemy. Laut sagte sie:

„Aber wenn diese Wesen tatsächlich negativ auf uns ansprechen, dann werden sie alles Mögliche mit uns anstellen.“

„Die Homophoren im Tauchbecken sind ganz anders als jene, die du kennengelernt hast“, sagte Gnuvox. „Sie sind auf den Transport von einem Asteroiden zum anderen spezialisiert. Die Unruhe der anderen Homophoren hat sich gewiß noch nicht auf sie übertragen. Du brauchst nur zu springen und dabei an den Zielort zu denken.“

„Und wie heißt der?“

„1909 Astraea. Denk daran!“

Annemy zögerte noch zu springen. Aber da erhielt sie von Gnuvox einen Stoß in den Rücken und stürzte kopfüber, sich dabei an Otto festklammernd und ihn festhaltend, vom Trittstein.

Sie hörte noch den Aufschrei der Menge, dann tauchte sie in den bodenlos scheinenden Schacht ein und wurde von Finsternis umfangen.

1909 Astraea! hämmerte sie sich ein.

Der Sturz wurde jäh von einem weichen, nachgiebigen Widerstand aufgefangen. Etwas schmiegte sich wie eine zweite Haut um ihren Körper und um das Pelzwesen in ihren Armen. Ein Kribbeln durchlief ihren Körper, und ihr war, als würden unzählige haarfeine Sonden durch ihren Schutzanzug und die Poren ihrer Haut in ihren Körper eindringen.

1909 Astraea! Das war ihr letzter Gedanke.

7.

Klackton wurde losgelassen und landete wie ein Sack auf dem Boden. Aber wegen der geringen Schwerkraft schlug er ziemlich weich auf. Über ihm glomm ein Lichtpunkt auf, der langsam größer wurde und allmählich intensiver zu leuchten begann, so daß sich die Augen daran gewöhnen konnten. Alsbald war der Lichtschein so hell, daß er Klacktons Umgebung ausleuchtete.

Er sah sich von einem halben Dutzend Gestalten umringt. Es waren durchwegs Humanoide, die nur mit Homophoren bekleidet waren und die sie wie Schurze um die Körpermitte geschlungen hatten. Klackton fiel auf, daß sie überall am Körper beulenartige Geschwülste aufwiesen. Ihre Haut war stellenweise gerötet und war von entzündeten Wundmalen gezeichnet, die von unzähligen Nadeleinstichen herrühren mochten.

„Das ist ein Neuzugang“, erklärte einer der Männer, die Klackton überfallen und hierher geschleift hatten. „Sollen wir uns um ihn kümmern, oder willst du ihn dir erst einmal vornehmen, Morganczer?“

„Verschwinde mit deinen Melkern, Lomax", ertönte eine tiefe Stimme aus dem Hintergrund. „Ich bringe den Neuen dann selbst ins Quartier. Wenn Polluzit so kurz vor Perihel noch einen herüberschickt, dann scheint es sich um einen dringenden Fall zu handeln. Laßt mich jetzt mit ihm allein!"

Die Männer mit den geröteten Wundmalen zogen sich leichtfüßig zurück, die geringe Schwerkraft erlaubte ihnen wahre Gazellensprünge. Da Klackton nun nicht mehr das Blickfeld verstellt war, konnte er den Sprecher mit der tiefen Stimme sehen, der Morganczer genannt worden war. Es handelte sich um einen überschweren von ungefähr 160 Metern Größe und annähernd der gleichen Schulterbreite. Er hatte ein breites, derb wirkendes Gesicht und einen Giftgrünen Teint. Er war in einen farbenfrohen Homophoren gewickelt, der ihm über der breiten Brust auseinanderklaffte, und er lag auf einem Lager, das groß genug gewesen wäre, um vier von seiner Sorte reichlich Platz zu bieten.

Der Überschwere schwang die Beine über den Bettrand und stand auf. Dabei verrutschte der Homophore, so daß Klackton den Mikrogravitator sehen konnte, den er an einem breiten Gürtel um die Taille trug; sonst war er unbekleidet.

„Wer bist du?" fragte der Überschwere. „Was hast du ausgefressen, daß Polluzit dich nach 1013 Reblaus verbannt hat?"

„Ich heiße Walky Negro und werde allgemein der Schwarze Pirat genannt", sagte Klackton und versuchte, seine Stimme würdevoll klingen zu lassen. Aber er fürchtete, daß es nicht recht überzeugend klang, als er hinzufügte: „Ich bin der gefürchteste Freibeuter der südlichen Milchstraße."

„So, so", meinte der Überschwere skeptisch. „Was hast du denn so gejagt? Luftballons? Oder waren auch größere Brummer darunter, he?"

„Das tut doch überhaupt nichts zur Sache“, sagte Klackton ausweichend. „Wurtzit Sternenklau jedenfalls weiß meine Qualitäten zu schätzen. Er hat mich mit der Durchführung eines Projekts beauftragt, das das Leben im Asteroidenschwarm schlagartig verändern wird. Da die Sache sehr eilig ist, muß ich schnellstens wieder nach 1 Paradiso zurück.“

„Nur nichts überstürzen, Walky Negro“, sagte der Überschwere. „Jetzt bist du einmal hier und wirst bis nach Perihel bleiben. Danach können wir deinen Fall überprüfen. Aber ich glaube, du machst dir da falsche Vorstellungen. Polluzit wird schon wissen, warum er dich in seine Weinlaus-Kultur geschickt hat.“ Er kam mit schweren Schritten näher und betrachtete Klacktons Nase kritisch. Dabei fragte er: „Hattest du schon mal mit Weinläusen zu tun?“

„Nein“, antwortete Klackton und betastete irritiert sein Riechorgan. „Ich verstehe gar nicht, in welchem Zusammenhang meine Nase damit stehen könnte.“

„Nun, diese Beule sieht aus, als hättest du sie den Weinläusen zu verdanken“, meinte Morganczer. „Du hast ja gesehen, wie Lomax und die anderen Melker zugerichtet sind. Diese armen Schweine waren die ganze letzte Wachperiode hindurch im Einsatz. Nicht nur, daß sie ununterbrochen Weinläuse an sich saugen ließen, mußten sie diese auch eigenhändig melken. Wir leiden hier unter Personalmangel, denn es gibt kaum Zugänge. Wir schuften ohne Pause und können längst nicht so viel Lausschweiß produzieren, wie die auf 1 Paradiso verbrauchen.“

„Soll das heißen, daß hier Menschen den parasitären Blutsaugern ausgesetzt werden, von denen der sogenannte Lausschweiß gewonnen wird?“ fragte Klackton entsetzt.

„Die Läuse saugen den Melkern nicht das Blut aus, sondern schlürfen nur ihre Drüsenabsonderungen“, berichtigte Morganczer. „Aber die Biester beißen auch, und das führt zu Hautschwellungen und Beulen, die ähnlich aussehen wie deine Nase. Deshalb meine Frage, ob du im Umgang mit Weinläusen Erfahrung hast. Wenn nicht, ist es auch nicht weiter schlimm. Lomax wird dich noch unterweisen. Aber das hat Zeit bis nach Perihel. Jetzt verrate mir erst einmal, was du ausgefressen hast."

„Ich habe mir überhaupt nichts zuschulden kommen lassen", erwiderte Klackton. „Ich habe Wurtzit den Vorschlag unterbreitet, die Umlaufbahn der Asteroiden zu korrigieren, um die hyperdimensionalen Phänomene im Perihel auszuschalten, so daß es nicht mehr nötig wäre, sich in Tiefschlaf zu begeben. Man war sehr von meinem Vorschlag angetan und hat eine Konferenz der Clanführer einberufen. Pullozit, der mir den Homophoren zum Geschenk machte, hat mir sogar eine Unterredung mit der Nullipara zugesichert, damit ich auch die Hohepriesterin für meine Pläne gewinnen kann. Es kann sich nur um einen Irrtum handeln, daß mich der Homophore hierher gebracht hat."

Der Überschwere begann schallend zu lachen.

„Mann, Walky, was bist du naiv", rief er dann belustigt. „Wenn du diesen Vorschlag wirklich gemacht hast, dann wundert es mich, daß man dich nicht überhaupt in einem undichten Homophoren ins Vakuum geworfen hat. Du hattest wirklich Glück, denn das Los eines Melksklaven ist immer noch besser, als im Weltraum zu ersticken."

„Es kann nicht Absicht sein, daß ich hier bin", stotterte Klackton. „Pullozit hat gesagt, daß der Homophore mich zur Nullipara bringen wird. Ich kann es mir nur so erklären, daß er im Augenblick der größten Gefahr so verwirrt war, daß er mit mir den falschen Weg ging. Polluzit wird das bestätigen."

„Mach dir nichts vor, Walky Negro", sagte der Überschwere mitfühlend und legte ihm in einer freundschaftlichen Geste die schwere Hand auf die Schulter, daß Klackton in den Knien leicht einknickte. „Homophoren irren nie. Es gibt für jeden Bedarf eigene Züchtungen. Manche eignen sich nur für den Tiefschlaf, andere wiederum sind nur dazu da, Passagiere von einem Asteroiden zum anderen zu bringen. Wer es sich leisten kann, der hat einen eigenen Homophoren, der ganz auf ihn persönlich eingestellt ist. Der Homophore, der dich hierhergebracht hat, gehört einer eigenen Spezies an. 1013 Reblaus ist seine Heimat. Er hat den Drang, von überall hierher zurückzukommen. Ein solcher Homophore wird diesen Asteroiden nie freiwillig und aus eigener Kraft verlassen, oder einen Passagier irgendwo anders hinbringen. Wenn Polluzit dir einen solchen Symbionten verpaßt hat, dann war es seine Absicht, dich hierher abzuschieben."

„Das kann ich nicht glauben", sagte Klackton fassungslos. „Es darf nicht sein. Ich muß nach 1 Paradiso zurück und mit der Nullipara sprechen. Ich muß einen Ausweg finden. Darf ich dir ein Geheimnis anvertrauen, Morganczer?"

„Nur zu", ermunterte ihn der Überschwere. „Ich bin gar kein so brutaler Sklavenhalter, wie man allgemein behauptet. Ich sorge gut für meine Leute und teile mit ihnen Leid und Freud. Und deine Nase gefällt mir, Walky, deshalb darfst du mit allen deinen Sorgen zu mir kommen. Um was für ein Geheimnis handelt es sich also?"

„Ich liebe eure Nullipara", gestand Klackton leicht errötend. „Nur aus diesem Grund bin ich hierhergekommen. Ich weiß, daß sie gezwungen wurde, dieses Amt zu übernehmen, und unglücklich dabei ist. Eure Hohepriesterin ist in Wirklichkeit eine Gefangene, die gegen ihren Willen festgehalten wird. Ich muß sie befreien."

‚Du willst die Nullipara befreien?" wiederholte der Überschwere und starrte ihn ungläubig an. Plötzlich begann er wieder zu lachen, daß der Raum erbebte. Er klatschte schallend in die Hände und rief dabei: „Bravo! Bravo! Das ist ja grandios!“

„Wieso *brova*?“ fragte Klackton mit unsicherem Lächeln. „Bedeutet dein *Brova*, daß du meine Absichten gutheißt?“

Morganczer war auf einmal wie ausgewechselt. Er stürzte sich auf Klackton und hob ihn mit so festem Griff hoch, als wolle er ihn zerquetschen.

„Willst du mich verspotten, Bürschchen?“ herrschte er ihn an. „Oder wie soll ich das verstehen, daß du mir das Wort im Mund verdrehst? Glaub ja nicht, daß du meine Gutmütigkeit ausnützen kannst. Ich bin imstande und verweigere dir den Tiefschlaf, dann kannst du dich nach Perihel rühmen, zu den Irren Weisen zu gehören. Wenn du mir schon nachplapperst, dann wenigstens richtig. Wiederhole dieses Wort. Aber diesmal richtig und ohne spöttischen Unterton!“

„Das kann ich nicht“, sagte Klackton stöhnend.

„Wird's bald?“ Morganczer drückte fester zu.

„Brova“, kam es kläglich über Klacktons Lippen.

„Es heißt aber bravo!“ sagte Morganczer drohend und verstärkte seinen Druck.

„Ich weiß, aber ich kann es nicht richtig aussprechen“, beteuerte Klackton. „Es ist wie verhext. Immer wenn ich brova sagen will, kommt nur ein Brova dabei heraus.“

„Ist das wahr?“ fragte Morganczer und ließ ihn los.

„Ehrenwort!“ Klackton massierte sich die gefühllos gewordenen Körperstellen und diagnostizierte erleichtert, daß noch alle seine Knochen heil waren. „Ich habe diesen einen kleinen Sprachfehler schon von frühester Kindheit an. Und so unbedeutend er ist, so hat er mich schon in viele mißliche Situationen gebracht.“

„Mund halten!“ herrschte Morganczer ihn an. „Wenn ich dahinterkomme, daß du nur einer von diesen Spaßvögeln bist, dann kannst du was erleben.“

„Bist du jetzt wieder versöhnt, Morganczer?“ fragte Klackton zaghaft. „Kann ich auf dein Verständnis hoffen?“

„Ich werde dir schon helfen“, erwiderte Morganczer mit seltsamem Unterton und machte dabei ein verkniffenes Gesicht. „Ich werde dich mit jemandem zusammenbringen, der dasselbe wie du im Sinn hatte. Er kann dir einige Tips geben, damit du eine Ahnung davon bekommst, was dir noch blüht.“

„Wie soll ich das verstehen?“ erkundigte sich Klackton.

„Lomax!“ brüllte der Überschwere. „Bring diesen Verbrecher zu Atlal Babil in die Folterkammer. Er möchte sich von seinem Gesinnungsgenossen ein paar Ratschläge dafür holen, wie man die Nullipara entführt.“

„Sie also sind der Archäologe Atlal Babil“, sagte Klackton, als er mit dem anderen Gefangenen allein in der Folterkammer war. Klackton war an eine Art Psychoschuler geschnallt, und sein Gehirn wurde über eine Kontakthaube mit Impulsen gereizt, die ihm die seltsamsten Halluzinationen verursachten.

„Sollte ich Sie kennen?“ fragte der andere, von dem nur der Kopf zu sehen war. Er steckte bis zum Hals in einem faßähnlichen Gebilde, aus dem ständig unheildrohende Geräusche kamen.

„Nein“, erwiderte Klackton. „Aber ich weiß, daß Sie der Mann sind, der Lela aus dem Goldenen Käfig befreit hat und ihr zu einem freieren Leben verhelfen wollten. Sie hat mir von Ihnen erzählt. Ich bewundere Sie, Babil. In meinen Augen sind Sie ein Held.“

„Ein Narr war ich!“ sagte Atlal Babil voll Überzeugung. „Der größte Idiot in Gottes weitem Universum. Das habe ich jetzt davon.“

„Hadern Sie nicht mit Ihrem Schicksal“, sprach

Klackton ihm zu. „Es werden auch wieder bessere Zeiten kommen. Es gibt sicherlich einen Ausweg aus unserer mißlichen Lage. Ich habe einen Freund hier, der den Melkern entkommen sein muß. Solange er sich auf freiem Fuß befindet, dürfen wir auf seine Hilfe hoffen."

„Was reden Sie da!" fuhr Atlal Babil ihn wütend an. „Ich bedaure gar nicht mein Schicksal. Ich habe nichts anderes verdient. Ein solcher Narr wie ich darf einfach nicht frei herumlaufen. Recht geschieht mir! Wie konnte ich nur so ein Verbrechen begehen. Ich kann zu meiner Verteidigung nur meine Unwissenheit anführen. Aber das ist keine Entschuldigung dafür, was ich getan habe."

„Tut es Ihnen denn nun leid, daß Sie Lela geholfen haben?" fragte Klackton. „Was hat Morganczer, dieser Teufel, mit Ihnen getan?"

„Gar nichts", sagte Atlal Babil unwirsch. „Ich bin von selbst zur Einsicht gekommen. Ich hätte Lela nicht mit mir nehmen dürfen. Ein Glück, daß ihre Onkeln sie zurückgeholt haben. Nicht auszudenken, was sonst passiert wäre."

„Was würde denn passieren?" fragte Klackton und gab auch selbst die Antwort. „Es würde sich überhaupt nichts ändern. Auch ohne die Nullipara würder der Gezeitenwechsel nicht anders vor sich gehen. Lela, die angeblich während des Durchgangs durch das andere Kontinuum über die Asteroidenbewohner wachen soll, ist doch nichts weiter als eine Symbolfigur. Sie ist das Opfer eines tief verwurzelten Aberglaubens."

„Sie reden so blöd daher wie ich früher", sagte der Archäologe zornig. „Sie wissen es auch nicht besser, woher auch? Aber reden Sie einmal mit einem Irren Weisen und lassen Sie sich über die wahren Hintergründe aufklären. Fragen Sie, was aus den *Gegangenen* geworden ist. Suchen Sie Emerigul auf und erkundigen Sie sich nach der Entstehungsgeschichte des

Asteroidenschwarms – und danach, was im anderen Kontinuum mit ihm passiert."

„Im Moment bin ich leider verhindert", meinte Klackton bedauernd.

„Sehr spaßig", sagte Atlal Babil. „Ich könnte Ihnen die Wahrheit verraten, denn ich kenne sie. Aber weiß ich, ob Sie ihrer würdig sind? Ich habe nicht das Recht, das Geheimnis preiszugeben. Das können nur die Geheimnisträger selbst tun. Aber eines will ich Ihnen verraten: Von Lela Sternenklau hängt die Zukunft eines ganzen Volkes ab. Sie kann darüber entscheiden, ob dieses Volk untergehen muß, oder ob es eine neue Blüte erlebt."

„Von welchem Volk sprechen Sie?" fragte Klackton. „Wenn Sie die Asteroidenbewohner meinen ..."

„Ich rede von dem Volk, das man als die *Gegangenen* bezeichnet. Von den Ureinwohnern, deren Heimat der Planet war, aus dem der Asteroidenschwarm hervorgegangen ist. Sollten Sie sich jemals wieder Ihrer Freiheit erfreuen können, dann suchen Sie Emerigul auf, den Irren Weisen. Wenn er Ihnen nicht Auskunft geben will, dann bitten Sie ihn um die Unterlagen, die ich bei ihm zurückgelassen habe. Wenn Sie nicht ganz so blöd sind, wie Sie aussehen, dann werden Ihnen meine Forschungsergebnisse genügend enthüllen, um sich ein ungefähres Bild machen zu können."

„Lela!" rief Klackton plötzlich aus, als er die Vision des geliebten Mädchens hatte. „Hier bin ich, mein Herz! Du beschämst mich. Anstatt daß ich dich befreie, kommst du mich in der Folterkammer besuchen ..."

„Was schwatzen Sie da?" drang die Stimme des Archäologen in sein Bewußtsein und ließ Lelas Vision wie eine Seifenblase zerplatzen. „Ich beschwöre Sie! Vergessen Sie Lela. Sie kennt ihre Bestimmung selbst noch nicht. Aber wenn sie erst erfährt, was wirklich von ihr abhängt, dann wird sie ihre Verantwortung nicht mehr ablegen wollen."

„Lela liebt mich“, sagte Klackton. „Sie kann ohne mich ebensowenig leben wie ich ohne sie.“

„Sie werden verzichten müssen“, meinte Atlal Babil.

„Nie!“

„Wer sind Sie denn eigentlich, daß Sie so große Sprüche klopfen?“ fragte der Archäologe.

„Entschuldigen Sie, daß ich mich nicht vorgestellt habe. Ich heiße Walty Klackton, Korporal der USO.“

„Klackton?“ wiederholte Atlal Babil mit schriller Stimme. „*Der* Walty Klackton? Der schreckliche Korporal? Hilfe! Lomax! Hol mich hier 'raus. Ich gehe freiwillig in die Folterkammer dritten Grades.“

„Aber was haben Sie denn auf einmal, Babil?“ wunderte sich Klackton. „Sie kennen mich doch gar nicht.“

„Und ob ich Sie kenne“, erwiderte der Archäologe. „Ich habe zehn Jahre für die USO gearbeitet und in dieser Zeit genug Schauderhaftes über Sie gehört. Kommen Sie mir ja nicht zu nahe, Korporal. Ich habe schon genug gebüßt.“

Klackton begann ernsthaft um den Verstand des Archäologen zu bangen. Er wollte gerade beruhigend auf ihn einsprechen und ihm klarmachen, daß er sich ohnehin nicht von der Stelle rühren könnte. Aber da erschien ihm ausgerechnet die Vision von Illbeezee.

„Verschwinde“, sagte Klackton ungehalten. „Trugbilder wie dich kann ich jetzt nicht brauchen.“

„Aber ich bin gekommen, um dich zu befreien, Walty“, rechtfertigte sich der Stachelige.

„Bist du es wahrhaftig, Illbeezee?“ fragte Klackton ungläubig und verschluckte dabei fast seinen Adamsapfel.

„Aber gewiß. Erkennst du mich denn nicht?“

„Doch, doch. Es ist nur ... Aber für Erklärungen ist auch noch später Zeit.“

Illbeezee kam zu ihm und befreite ihn mit einigen Handgriffen seiner Vogelklauen von den Fesseln.

„Frei!“ jubilierte Klackton und wandte sich dem Faß

mit dem Archäologen zu. „Jetzt sind Sie an der Reihe, Babil. Wir lassen Sie natürlich nicht im Stich."

„Nein!" schrie Atlal Babil. „Rühren Sie mich nicht an. Mir geht es gut, es könnte mir nicht besser gehen. Lassen Sie mich bitte in Frieden."

Klackton wich erschüttert zurück.

„Wollen Sie wirklich nicht, Babil ...?"

„Nein! Nein!"

„Walty", drängte Illbeezee. „Wir müssen machen, daß wir wegkommen."

Mit einem letzten bedauernden Blick auf den Archäologen, dem er im Grunde genommen die Bekanntschaft Lelas verdankte, verließ Klackton hinter dem stacheligen Illbeezee die Folterkammer.

Aber sie waren noch nicht weit gekommen, als es plötzlich aus den Lautsprechern gellte:

„Einer der Nullipara-Entführer ist entkommen!"

„Da hinein!" befahl Illbeezee und drängte Klackton in ein düsteres Gewölbe. „Hier sind wir am sichersten."

Klackton kam in eine große Höhle, deren Wände unzählige Öffnungen aufwies. Es mochten fünfhundert oder mehr solcher Löcher sein, die hinauf bis zur Decke reichten und in die man über aus dem Fels ragende Trittsteine gelangte.

„Wo sind wir da?" erkundigte sich Klackton.

„In einem der Schlafsäle", erklärte Illbeezee. „Es gibt noch zwei Nischen, die unbesetzt sind. In einer davon habe ich mich die ganze Zeit über versteckt. Die andere Nische ist für dich. Wir können hier warten, bis sich die Situation beruhigt hat. Dann sehen wir weiter."

Illbeezee eilte voraus die Trittsteine hinauf. Er nutzte sehr geschickt die geringe Schwerkraft und nahm immer zwei solcher Trittsteine auf einmal. Klackton stellte sich weniger geschickt an. Er konnte seine Sprünge nicht so gut abschätzen und legte entweder zu wenig oder zu viel Kraft dahinter, so daß er einige Male genau zwischen die Trittsteine kam und vor einem Sturz in die Tiefe nur durch Illbeezees Geschick bewahrt wurde. Der Stachelige fing ihn jedesmal auf und hielt ihn fest, bis er wieder festen Boden unter den Füßen hatte.

Endlich erreichten sie das erste leere Schlupfloch.

„Verkriech du dich gleich hier", verlangte Illbeezee. „Ich nehme die nächste Schlafhöhle."

„Wie soll ich mich denn verhalten?" erkundigte sich Klackton etwas ratlos. „Angenommen, da drin ist ein Homophore, der glaubt, mich in Tiefschlaf versetzen zu müssen?"

„Bleibe ganz ruhig", trug Illbeezee ihm auf. „Ich werde schon Wache halten. Und im schlimmsten Fall wekke ich dich auf, wenn die Gefahr vorbei ist."

Klackton schien noch weitere Bedenken zu haben. Aber er brachte sie nicht vor und kroch vorsichtig in die Höhle. Gleich darauf waren Geräusche zu hören.

„Da ist tatsächlich ein Homophore", erklang Klacktons gedämpfte Stimme aus der Höhle.

„Still jetzt, ich höre Schritte!" warnte der Stachelige und wechselte mit einem eleganten Sprung auf den nächsten Trittstein über. Mit einem letzten Blick zum Eingang verschwand er in der Schlafhöhle. Im nächsten Moment tauchte die annähernd quadratische Gestalt des Überschweren im Schlafsaal auf. In seiner Begleitung befanden sich Lomax und fünf weitere Melker, die vermutlich den Status von Obermelkern hatten und den Schlaf der anderen Sklaven bis zuletzt bewachten.

„Alles einmal herhören!" erklang Morganczers dröhnende Stimme durch die Höhle. „Es tut mir leid, daß ich euren Schlaf stören muß, Jungs. Aber ein Gefangener, ein ganz gemeingefährlicher Bursche, ist ausgebrochen, und wir haben ihn in diesem Schlafsaal verschwinden gesehen. Da es nur diesen einen Ausgang gibt, muß er noch hier sein."

Aus verschiedenen Höhlen drang ungehaltenes Gemurre, das immer lauter wurde und bald die friedlichen Schnarchgeräusche übertönte.

„He, Walky Negro!“ rief Morganczer mit erhobener Stimme. „Wir wissen, daß du dich hier versteckst. Wenn du freiwillig herauskommst, dann will ich diesen Vorfall vergessen. Machst du mir aber Scherereien, dann werde ich recht ungemütlich. Ganz zu schweigen davon, daß dir die anderen Melker diese Störung nie vergessen werden. Also, komm schon aus deinem Versteck.“

Morganczer wartete eine Weile. Als sich der Gesuchte danach noch immer nicht meldete, ergriff der Überschwere wieder das Wort.

„Ihr seht, Jungs“, wandte sich Morganczer an die Schläfer in den Höhlen, „euer neuer Kollege hält nichts von Kameradschaft und Zusammenarbeit. Das solltet ihr euch merken. Ich muß jetzt leider eine unangenehme Maßnahme ergreifen. Seid ihr alle wach?“

Ein vielstimmiges Murren, das von den Wänden widerhallte, war die Antwort.

„Gut, dann hört zu“, fuhr Morganczer fort. „Ihr werdet nacheinander jeder einen Satz nachsprechen, den ich euch vorsage. Es ist eine Art Identifikationsspiel, und ich will es mir damit ersparen, jede Höhle einzeln zu durchsuchen. Der Satz lautet: *Ich kann nicht Bravo sagen!* Habt ihr das mitgekriegt? Wir beginnen mit der untersten Höhle links vom Eingang. Also, was bekomme ich zu hören?“

Morganczer stellte sich vor der Höhle auf und legte eine Hand hinter sein Ohr.

„Aber ich kann Bravo sagen!“ erklang es mürrisch aus der ersten Höhle.

„Ich auch“, kam es aus der nächsten Höhle.

„Was ist denn da schon groß dabei?“ fragte der Schläfer aus der dritten Höhle.

„Ja, Bravo ist wirklich ein einfaches Wort", sagte der vierte. „Warum prüfst du uns nicht wenigstens mit einem Zungenbrecher."

„Mir ist es zu kindisch, Bravo zu sagen", meinte der fünfte Schläfer.

„Halt, Jungs, so kommen wir nicht weiter", schaltete sich der Überschwere ein. „Es geht nicht an, daß jeder seine Meinung äußert. Ihr seid Sklaven und habt zu gehorchen. Es kann doch nicht so schwer sein, den Satz zu behalten. Ihr braucht nur zu sagen: Ich kann nicht Bravo sagen! Mehr nicht. Beginnen wir wieder von vorne. Also: *Ich kann nicht Bravo sagen!*"

„Aber du hast es doch gerade gesagt!" kam es aus der ersten Höhle.

„Wiederhole es!" brüllte Morganczer.

„Was? Daß du Bravo gesagt hast?"

„Das ist zu blöd!" schrie Morganczer. „Wenn du mir nicht sofort nachsprichst, dann nehme ich dir deinen Homophoren weg, und du kannst zusehen, wie du über Perihel hinwegkommst."

„Schon gut, Morganczer, reg dich nicht auf. Ich kann nicht Bravo sagen. Zufrieden?"

„Weiter!" verlangte der Überschwere und nahm vor der nächsten Höhle Aufstellung.

„Ich kann nicht Bravo sagen!"

„Ich kann nicht Bravo sagen!"

Das wiederholte sich über dreihundertmal, ohne daß es eine Abweichung gab.

„Wäre es nicht doch einfacher gewesen, die Schlafhöhlen einfach zu durchsuchen?" meinte Lomax. „Ich kann das nicht mehr hören."

„Mund halten!" fuhr Morganczer ihn an. „Ich muß mich konzentrieren.

„Ich kann nicht Bravo sagen!" erklang es zum dreihundertundelftenmal.

„Ich kann nicht Bravo sagen!"

„Ich kann nicht *Brova* sagen!"

„Ich kann nicht ...“

„Halt!“ brüllte Morganczer. „Wie war das eben?“

„Du hast mich ja gar nicht ausreden lassen“, kam es aus der dreihundertundvierzehnten Höhle.

„Dich habe ich auch gar nicht gemeint“, schrie Morganczer hinauf. „Ich meine den aus der Höhle vorher.“

„Aber ich habe mein Sprüchlein schon aufgesagt“, kam es von dort zaghaft.

„Wiederhole es!“ verlangte Morganczer und gab seinen Aufsehern mit einem Wink zu verstehen, daß sie besagte Höhle in Augenschein nehmen sollten. Lomax eilte mit zwei seiner Männer die Trittsteine zur dreihundertunddreizehnten Höhle hinauf.

„Wird's bald?“ rief Morganczer drohend hinauf.

„Ich kann nur Brova sagen“, ertönte es kläglich aus dem Loch.

In diesem Moment hatte Lomax die Höhle erreicht und zerrte den Schläfer heraus.

„Das ist er!“ rief Morganczer triumphierend aus. „Ich wußte doch, daß der Trick funktionieren würde.“

„Dreizehn ist eben meine Unglückszahl“, sagte Walty Klackton, der von Lomax und einem anderen Aufseher in die Mitte genommen wurde. Klackton drehte sich zur dreihundertundvierzehnten Höhle um und sagte: „Schade, daß dein Plan nicht gelungen ist, Illbeezee.“

„Achtung!“ warnte Lomax. „Er hat einen Helfer.“

Und so kam es, daß, während Klackton abgeführt und zu Morganczer zum Boden des Schlafsaals gebracht wurde, Lomax den Stacheligen aus seinem Versteck holte.

„Sieh an, ein Palastsklave“, stellte er fest, als Illbeezee vor ihm stand. „Glaube ja nicht, daß dich deine Stacheln vor den Weinläusen bewahren werden.“

Illbeezee wurde ebenfalls hinuntergebracht. Als er zusammen mit Klackton dem Überschweren gegenüberstand, stemmte dieser die Fäuste in die breiten

Hüften und setzte gerade an, ein Donnerwetter über die beiden niederzulassen.

Plötzlich tauchten wie aus dem Boden gewachsen bewaffnete Springer rings um sie auf. Ihre Homophoren schmiegten sich hauteng um ihre Körper. Ohne große Worte zu machen, eröffneten sie mit ihren Schockstrahlern das Feuer auf Morganczer und seine sechs Helfer. Sie stellten es erst wieder ein, als sich keiner von ihnen mehr rührte.

„Safflorit!“ rief Klackton erfreut aus, als er seinen Verbündeten aus dem Sternenklau-Palast erkannte. „Du bist gerade im richtigen Moment gekommen.“

Safflorit, der sich gerade mit drohend erhobener Waffe dem völlig verstörten Illbeezee zuwenden wollte, drehte sich überrascht um, als er angesprochen wurde.

„Wer bist denn du?“ fragte er Klackton.

„Ich bin der Schwarze Pirat, Walky Negro“, erklärte Klackton. „Erkennst du mich denn nicht mehr? Ich dachte, du seist gekommen, um mich aus der Gefangenschaft zu befreien?“

„Ich bin gekommen, um den Mörder des Schwarzen Piraten zu bestrafen“, sagte Safflorit und stieß Illbeezee den Lauf der Waffe in die Seite. „Wir haben in den glosenden Trümmern seines Zimmers nur noch seinen Kampfanzug und Reste seines Gesichts gefunden. Dieser Sklave muß ihm schon den Garaus gemacht haben, bevor er in den Flammen verbrannte. Da der Homophore, den Polluzit dem Schwarzen Piraten zum Geschenk gemacht hat, ebenso spurlos verschwunden war wie der meuchlerische Sklave, konnte ich mir denken, daß er damit nach 1013 Reblaus flüchtete. Das war nicht schwer zu erraten.“

„Aber so war es nicht“, erklärte Klackton. „Was ihr für meine sterblichen Überreste gehalten habt, war nur eine meiner vielen Masken. Jetzt stehe ich dir in einer anderen Maske gegenüber.“

Klackton schilderte dem ungläubig lauschenden Springer seine Erlebnisse und erzählte ihm anschließend einige Details aus ihren vertraulichen Gesprächen, die sonst niemand kennen konnte.

„Du hast mich überzeugt", sagte Safflorit schließlich. „Es freut mich, daß ich dich lebend wiedertreffe, Walky Negro. Die anderen halten dich natürlich auch für tot. Wurtzit und Polluzit feiern das gerade als ihren größten Sieg."

„Sollen sie nur ruhig", meinte Klackton händereibend. „Inzwischen können wir ungehindert unseren Plan verwirklichen."

„Dazu ist es bereits zu spät", erwiderte Safflorit. „Die Zweiundsiebzig-Stunden-Frist ist um. Du kannst die Bahn der Asteroiden nicht mehr ändern. Was könnten wir jetzt noch tun? Was schlägst du vor, Walky Negro?"

„Ich finde bestimmt einen Ausweg", behauptete Klackton. „Bringe du mich zu Lela, äh, ich meine, zu der Nullipara. Kannst du eine solche Zusammenkunft arrangieren, Safflorit?"

„Das müßte sich machen lassen, wenn ich auch nicht verstehe, was uns das einbringen soll", sagte der Springer.

„Laß mich nur machen", sagte Klackton. „Führe mich erst einmal zur Nullipara."

„Und was soll mit dem Sklaven geschehen?" wollte einer von Safflorits Begleitern wissen. „Er darf nicht ungestraft davonkommen."

„Keiner rührt Illbeezee an!" Klackton stellte sich schützend vor den Stacheligen. „Er ist mein Lebensretter, ohne ihn wäre ich der Flammenhölle nicht entronnen. Ich schenke ihm die Freiheit."

„Meinetwegen", gab Safflorit nach und machte seinen Leuten ein Zeichen. Einer von ihnen rollte zwei Homophoren vor Klackton aus. Safflorit erklärte dazu: „Diese Homophoren werden euch nach 1 Paradiso zurückbringen. Es genügt, daß ihr euch in sie wickelt und an den Zielort denkt. Ihr kommt dann schon am richtigen Ort heraus."

„Wird gemacht", versprach Klackton und warf sich seinen Homophoren schwungvoll über. Dabei stellte er sich absichtlich etwas ungeschickt an, so daß er in dem Durcheinander Illbeezee etwas zuflüstern konnte.

„Also, ich brauche nur an unser Ziel zu denken", sagte Klackton, als er in den Homophoren gewickelt war. Und er dachte zugleich an den Planetoiden 1 Paradiso und an Lela Sternenklau, die Frau seiner Träume.

8.

Annemy kam sich vor wie in einer Blüte, die sich entfaltete, als der Homophore sich öffnete und sich zu einem drei mal drei Meter großen Tuch ausbreitete. Sie fand sich in einem steinernen Gewölbe wieder, das in ein angenehmes, blendfreies Licht getaucht war. Es gab drei Zugänge, die alle unverschlossen waren. Aus den Wänden ragten Stangen, über denen Homophoren hingen.

Ein Humanoide mit bräunlicher Haut und bis zum Boden reichenden Armen kam herein und sagte, ohne sie direkt anzusprechen:

„Das Große Haus ist mir zu voll. Ich ziehe mich lieber auf einen unbewohnten Kleinasteroiden zurück, wo ich ungestört Tiefschlaf halten kann."

Dabei holte er einen Homophoren von der Stange, wickelte sich darin ein und – entmaterialisierte. Daraus schloß Annemy, daß diese seltsamen Wesen die Fähigkeit der Teleportation besaßen. Das erinnerte sie an Otto, den sie in den Armen gehalten hatte, als sie ins Tauchbecken gesprungen war. Er lag zusammengerollt in ihrem Schoß und gab kein Lebenszeichen von sich. Als sie ihn leicht schüttelte, öffneten sich die Augen in dem verkniffen wirkenden Mopsgesicht, und er murmelte:

„Schlafen ... bis nach Perihel ...“

Annemy verspürte im Nacken einen Luftzug. Als sie sich umdrehte, erblickte sie Billy the Kid und Gnuvox, die sich gerade aus ihren Homophoren wickelten.

„Kombiniere, daß dies ein angenehmerer Ort ist als 1001 Padernosta“, sagte der Gauchoroboter, der sich noch immer für einen Meisterdetektiv hielt. Er hatte schon wieder das unvermeidliche Vergrößerungsglas gezückt und suchte den Raum nach imaginären Spuren ab. „Machen wir uns sofort an die Arbeit, Watson.“

Otto reagierte nicht; er schien wieder vor Erschöpfung eingeschlafen zu sein. Annemy fragte sich, welche Kräfte hier am Werk waren, die den starken Twilz des Pelzwesens eliminieren konnten. Das sah ihr ganz nach einer gezielten Aktion aus.

Gnuvox hängte seinen Homophoren ordentlich auf eine Stange und wandte sich dann Annemy zu, die sich mit Otto in den Armen erhoben hatte.

„Jetzt seid ihr in Sicherheit“, sagte Gnuvox, der kein Gramm Fleisch an sich zu haben und nur aus Knochen zu bestehen schien. „Im Großen Haus von 1909 Astraea kann euch nichts geschehen. Jeder, der hierher kommt, genießt Asylrecht. Bis hierher reicht nicht einmal der lange Arm der Sternenklaus. Im Großen Haus ist für alle Schutzsuchenden Platz. Man muß nur darauf achten, daß man nicht gegen die Hausordnung verstößt, die da lautet: Leben und leben lassen. Es wird streng darauf geachtet, daß keiner die Intimsphäre des anderen stört. Wer die anderen Gäste belästigt, fliegt hinaus.“

„Gibt es eine Möglichkeit, meinen Freund hier unterzubringen?“ erkundigte sich Annemy und hob Otto hoch.

„Selbstverständlich“, sagte Gnuvox. „Suchen wir uns erst einmal ein Quartier. Dort können wir den Kleinen zurücklassen, während wir uns in den Schankraum begeben, um uns über eure Probleme zu unterhalten."

Gnuvox ging voran. Billy the Kid verfolgte ihn mit dem Vergrößerungsglas, und Annemy bildete mit Otto den Abschluß. Sie kamen durch einige Gänge, bogen mal nach links, dann wieder nach rechts ab, gingen Treppen hinauf und andere wieder hinunter – aber sie fanden überall nur verschlossene Türen. Otto schlug einmal die Augen auf und murmelte irgend etwas Unverständliches, dann schlief er wieder weiter.

Annemys Arme wurden langsam gefühllos unter dem Gewicht des Pelzwesens, denn es herrschte normale Schwerkraft. Ihr kam der Verdacht, daß Gnuvox sie nur durch dieses Labyrinth führte, um sie zu verwirren. Vielleicht wollte er sie auch in eine Falle locken.

Da kamen sie endlich zu einer offenen Tür. Gnuvox deutete hinein und fragte:

„Wäre euch dieses Quartier angenehm?"

„Wir nehmen alles", sagte Annemy erschöpft, betrat den großen Raum, in dem ein halbes Dutzend verschiedenartige Schlaflager untergebracht waren und legte Otto auf eines davon. Sie war so müde, daß sie sich am liebsten dazugelegt hätte. Aber sie überwand ihre Schwäche und fragte: „Sind irgendwelche Formalitäten zu erledigen, wenn man hier absteigen will?"

„Nichts dergleichen", erwiderte Gnuvox. „Ihr habt das Quartier mit Beschlag belegt, das genügt. Ihr braucht euch nur jeder einen der Schlüssel zu nehmen, der zugleich auch ein Peilgerät ist, das euch von überall den Weg hierher weist. Ohne den Schlüssel würdet ihr euch in dem Labyrinth von Gängen hoffnungslos verirren."

Gnuvox ging zu einem Schrank, nahm einige verschnörkelte Gebilde heraus und warf Annemy und Billy je eines zu. Einen dieser Schlüssel nahm er an sich und einen legte er neben Otto aufs Bett. Die anderen legte er in den Schrank zurück.

„Nachdem wir eine Unterkunft gefunden haben, können wir den Schankraum aufsuchen", sagte Gnuvox. „Ich möchte endlich hören, was euch zu den Felix-Asteroiden verschlagen hat."

„Sehr richtig", stimmte Billy the Kid zu. „Es wird Zeit, daß wir die Entwicklung dieses Falles vorantreiben."

„Du bleibst hier und gibst auf Otto acht", entschied Annemy. „Und daß du dich ja nicht aus dem Zimmer rührst, Billy!"

„Wie oft soll ich noch sagen, daß ich diesen Kosenamen nicht mag", sagte der Gauchoroboter und wandte sich beleidigt ab.

So stand er bewegungslos da, bis er das Geräusch der sich schließenden Tür hinter sich vernahm. Als er sich umdrehte und feststellte, daß er allein war, sagte er zu dem schlafenden Pelzwesen:

„Es macht gar nichts, wenn du etwas ausspannst, Watson. Ich werde diesen Fall auch alleine lösen. Es stört dich sicherlich nicht, wenn ich dich für ein paar Minuten verlasse, um einige Ermittlungen zu führen. Ich bin bald wieder da."

Und mit diesen Worten verließ er den Raum. So konnte er nicht mehr sehen, wie sich die „Decke" über den schlafenden Ottomanen stülpte, ihn völlig einschloß – und mit ihm entmaterialisierte.

Mit dem Begriff „Schankraum" hatte Annemy ein kleines, gemütliches Lokal assoziiert, das mit drei Dutzend Gästen hoffnungslos überbelegt war und in dessen schummeriger Beleuchtung man kaum den Gesprächspartner sah. Ihre Erwartungen wurden jedoch nur in punkto schlechter Beleuchtung (und ebenso miserabler Klima- und Lufterneuerungsanlage) erfüllt. Auch war der Schankraum zum Bersten voll, nur waren es rund tausend Gäste.

Es handelte sich um ein weitläufiges Gewölbe, das in etliche Etagen unterteilt war. Es herrschte ein unbeschreibliches Gedränge auf allen Ebenen. Die Luft war zum Schneiden dick, der Lärm schmerzhaft laut. Man wurde ständig gestoßen und mußte wieder stoßen, um nicht erdrückt zu werden.

Gnuvox führte sie zu einer Nische auf der zweiten Ebene, drückte einen Knopf auf dem Tisch – und es wurde schlagartig still.

„Ich höre“, sagte Gnuvox nur, und Annemy erzählte ihm eine vorbereitete Geschichte. Sie hatte sich entschlossen, so nahe wie nur möglich an der Wahrheit zu bleiben. Gnuvox war ein mit allen Wassern gewaschener Bursche, der zudem noch gute Verbindungen zu haben schien.

Annemy verriet ihm, daß sie auf der Suche nach einem desertierten USO-Spezialisten sei, der ein Raumschiff gekapert hatte und beabsichtige, die Nullipara zu entführen. Sie verschwieg nur, daß sie auch selbst der USO angehörte, und gab sich als Kopfgeldjägerin aus, die nur an der Prämie interessiert war, die man zur Ergreifung des Deserteurs ausgesetzt hatte.

Gnuvox hörte sich ihre Geschichte schweigend an. Nachdem sie geendet hatte, schlug er vor:

„Machen wir Halbe-Halbe?“

„Einverstanden“, stimmte Annemy zu.

„Seltsam“, meinte Gnuvox dann, „daß nichts von der Ankunft eines USO-Schiffes durchgesickert ist. So etwas spricht sich sonst immer schnell herum. Das ist eine Sensation. Ich kann es mir nur so erklären, daß die Sternenklaus die Sache unter sich ausmachen wollen und sie deshalb geheimhalten. Ein USO-Schiff käme ihnen sehr gelegen. Den anderen Interessengruppen natürlich auch, aber für die wäre ein USO-Schiff eine Nummer zu groß. Nein, das sieht mir ganz nach einem Coup der Sternenklaus aus.“

„Lela ist auch eine Sternenklau“, rief sich Annemy in Erinnerung. „Ich habe recherchiert, daß sie von ihren eigenen Verwandten zu den Felix-Asteroiden zurückgeholt wurde. Und Walty Klackton, der Deserteur, hat das Schiff nur gekapert, um Lela folgen zu können. Wäre es möglich, daß die Sternenklaus auf einen Tauschhandel, Mädchen gegen Raumschiff, eingehen?"

„Undenkbar!" sagte Gnuvox fast entrüstet. „Das Mädchen ist die Nullipara. Sie ist für alle Asteroidenbewohner eine Heilige, ein Unberührbare. Nein, ein solches Geschäft würde nicht einmal Wurtzit Sternenklau machen. Du hast Glück, Annemy, daß du mich getroffen hast."

„Und warum?" fragte Annemy.

„Für jeden anderen wäre diese Sache zu heiß", antwortete Gnuvox. „Er hätte nichts damit zu tun haben wollen. Aber ich kenne keine Tabus. Ich will fort von hier, und das möglichst noch vor dem nächsten Gezeitenwechsel. Wenn ich dir helfe, das Schiff und den Deserteur zu finden, bringst du mich dann von hier fort?"

„Abgemacht."

„Dann will ich mein Glück versuchen", sagte der Knöcherne und erhob sich.

„Wohin willst du?" fragte Annemy mißtrauisch.

„Einige Informationsquellen anzapfen", sagte Gnuvox mit grinsendem Totenschädel. „Du brauchst nicht zu befürchten, daß ich dich hereinlege. Dir kann nichts geschehen, denn im Großen Haus genießt du Asylrecht. Hier sind selbst Sklaven frei, es ist die einzig neutrale Zone im ganzen Asteroidenschwarm. Hier treffen sich die Unterhändler aller Sippen und Machtblöcke und schachern und feilschen miteinander. Das nennen sie höhere Diplomatie. Aber lassen wir das. Ich werde versuchen, etwas über diesen Deserteur zu erfahren. Nur noch eine Frage. Hast du persönliche Beziehungen zu diesem Walty Klackton?"

„Wie kommst du darauf?" empörte sich Annemy.

„Es war nur eine Frage."

Gnuvox verließ die Nische. Annemy drückte den

Knopf auf dem Tisch, um nicht länger der unerträglichen Stille ausgesetzt zu sein. Der auf sie einstürmende Lärm betäubte sie im ersten Moment fast, aber langsam gewöhnte sie sich daran. Sie ließ ihre Blicke über das Gewölbe schweifen, das ihr mit seinen Felssäulen und den mächtigen Querverstrebungen auf einmal wie das versteinerte Gerippe eines Ungeheuers vorkam. Sie versuchte vergeblich, in der Masse der verschiedenartigsten Lebewesen Gnuvox zu erspähen, war aber in Gedanken ganz woanders. Sie mußte unaufhörlich an Walty Klackton denken.

Annemy war so in ihre Gedanken vertieft, daß sie es gar nicht merkte, als ihr Interkom anschlug. Erst als ihr Armbandgerät immer stärker werdende elektrische Schläge austeilte, fuhr sie aus ihren philosophischen Betrachtungen hoch. Sie drückte zuerst die Stille-Taste am Tisch, dann den Empfangsknopf ihres Armbandgeräts.

„Hier Hampshire Brown, Kommandant der WINDPOCKEN", meldete sich der Anrufer. „Ich bin an Bord der ROBINSON und habe die Mannschaft aus den Beiboothangars befreit, wo sie Korporal Klackton eingesperrt hat. Inzwischen sind wieder alle auf ihren Posten. Ist bei Ihnen auch alles in Ordnung, Leutnant Traphunter? Haben Sie schon eine Spur von Ihrem Sorgenkind gefunden?"

„Noch nicht", mußte Annemy eingestehen. „Aber ich bin ihm auf den Fersen."

„Das wundert mich nicht, wo Sie doch auf die Unterstützung eines unfehlbaren Meisterdetektivs zählen können", sagte der Kommandant der WINDPOCKEN mit triefendem Hohn. „Wahrscheinlich brauchen Sie dann meinen Hinweis gar nicht."

„Welchen Hinweis?"

„Es könnte sein, daß Sie Korporal Klackton gar nicht wiedererkennen, auch wenn Sie ihm Auge in Auge gegenüberstehen. Er hat sich nämlich verkleidet und sieht zum Fürchten aus. Als er das Schiff verließ, trug er eine kohlrabenschwarze Biomolplastmaske und einen überkompletten Kampfanzug, in dem er wie ein leerer Sack aussah."

„Sie können sich Ihre bildhaften Vergleiche schenken, Kommandant", sagte Annemy giftig. „Wenn Sie nichts Wichtigeres zu berichten haben, dann sollten wir dieses Gespräch beenden."

„Nur noch eines, Leutnant Traphunter", sagte Hampshire Brown hastig. „Ihnen bleiben noch zirka dreißig Stunden. Wenn Sie bis dahin die Felix-Asteroiden nicht verlassen haben, werden Sie mit diesen ins andere Kontinuum abwandern. Ende!"

Annemy unterbrach die Verbindung. Die Erinnerung daran, daß sie nur noch eine Frist von dreißig Stunden hatte, brachte ihr die Hoffnungslosigkeit ihrer Lage voll zu Bewußtsein. Wie sollte sie so rasch Klack-Klack finden und zu einem der beiden USO-Schiffe zurückkehren. Noch dazu, wo Otto seinen Twilz verloren hatte . . .

Sie zuckte zusammen, als zwei Schatten vor ihrer Nische auftauchten.

„Hat es zu lange gedauert?" erkundigte sich Gnuvox. Er deutete auf seinen Begleiter, einen rotbärtigen Hünen, und fuhr fort: „Aber meine Bemühungen waren wenigstens erfolgreich. Ich glaube, ich kann mit einigen wertvollen Informationen dienen."

„Wer ist das?" fragte Annemy und musterte den wenig vertrauenerweckenden Mann, der ihr wie der Prototyp eines Springers vorkam.

„Mein Name tut nichts zur Sache, aber du kannst mich Fe As2 nennen, Schwester", sagte Gnuvox' Begleiter und setzte sich an den Tisch. „Dieser ehrenwerte Herr behauptete, daß du dich Informationen über den Schwarzen Piraten einiges kosten lassen würdest. Damit könnte ich dienen."

„Ich nehme an", sagte Gnuvox schnell, als er Annemys verwunderten Gesichtsausdruck merkte, „daß der Deserteur, hinter dem du her bist, mit dem Schwarzen Piraten identisch ist. Er bot nämlich dem Sternenklau-Clan ein Raumschiff von den Dimensionen des gesuchten USO-Schiffes an. Ich dachte, das würde dich interessieren. Deshalb versprach ich Fe As2 eine Beteiligung an der Kopfprämie."

Annemy wurde hellhörig.

„Was weißt du über den Schwarzen Piraten?" fragte sie den Springer.

„Regeln wir doch zuerst die finanzielle Seite", antwortete Fe As2 und strich sich über den Bart. „Ich hoffe doch stark, das mit der Kopfprämie ist nicht wörtlich gemeint. Ich muß doch nicht seinen ganzen Kopf liefern?"

„Nein, natürlich nicht", sagte Annemy erschrocken. „Ich brauche den Deserteuer lebend."

„O je!" sagte der Springer. „Dann wird nichts aus dem Geschäft. Mein Bruder Kryo ... äh, ich meine, mein Bruder Na3 AIF6 hat mir nämlich gesagt, daß von dem Schwarzen Piraten nur noch ein Stück Gesicht übriggeblieben ist. Den Rest von ihm haben die Flammen verschlungen. Na, da kann man nichts machen."

Der Springer wollte sich erheben, aber da packte ihn Annemy an der Schulter und drückte ihn in den Sitz zurück.

„Vielleicht ist der Schwarze Pirat gar nicht der Mann, den ich suche", sagte sie hoffnungsvoll. „Wie hieß er mit seinem richtigen Namen? Wie sah er aus?"

„Ich habe ihn selbst nicht gesehen", bedauerte der Springer. „Aber mein Bruder sagte, daß er so ähnlich wie Schwarzer Geher oder Schwarzfahrer hieß. Das hat jedoch nicht viel zu bedeuten, weil mein Bruder ein schlechtes Namensgedächtnis hat."

Annemy schöpfte neue Hoffnung. Um sich jedoch noch größere Gewißheit darüber zu verschaffen, daß der Schwarze Pirat nicht mit Klack-Klack identisch war, fragte sie den Springer, ob sein Bruder nicht noch mehr ähnlich lautende Namen genannt hätte. Daraufhin leierte Fe As2, der ein besseres Namensgedächtnis als sein Bruder Na3 AIF6 zu haben schien, eine Reihe von Namen herunter, darunter auch „Walky Negro". Annemy versetzte es einen Stich, als sie ihn hörte. Aber sie forschte tapfer weiter.

„Sagte er nicht vielleicht Walty?" fragte sie.

„Nein", meinte der Springer kopfschüttelnd. „Waldi, das ist ein anderer. Das war dieser Wüstling von dem Planeten mit den quakenden Hüpfern und dem steinerollenden Roboter. Das war schon eine verrückte Sache! Aber es ist eine andere Geschichte. So, jetzt gehe ich."

Er erhob sich wieder und wollte gerade die Nische verlassen, als plötzlich Billy wie ein blecherner Racheengel hereinstürmte und ihn in den Sitz zurückstieß.

„Das ist einer der Betrüger, die mich hereinlegten, Annemy!" rief er dabei. „Ich erkenne ihn wieder. Es ist Löllingit, alias Fe As2. Sprich, Schurke, was hast du mit dem Mädchen gemacht? Glaube ja nicht, daß wir uns erpressen lassen. Wir zahlen kein Lösegeld."

Löllingit Sternenklau war so perplex, daß er keinen Widerstand leisten konnte.

„Wo kommt denn der auf einmal her?" wunderte er sich und verriet Annemy: „Das ist der irre Steinewälzer, von dem ich gerade gesprochen habe. Aber der hat noch ganz andere Schrullen."

„Kombiniere, daß der Fall so gut wie gelöst ist", sagte Billy. Er hatte den verdutzten Springer am Kragen gepackt und schüttelte ihn. „Heraus mit der Sprache, bevor ich grob werde. Wo hältst du Lela und Walty Klackton gefangen."

„Aufhören!" schaltete sich da Gnuvox ein. „Laß diesen Gentleman sofort los, bevor wir Schwierigkeiten bekommen. Tätlichkeiten gehören zu den schwersten

Verstößen gegen die Hausordnung. Du bringst uns noch in Teufels Küche.“

Billy the Kid ließ endlich von dem Springer ab, unter dessen Bart sich plötzlich ein diabolisches Grinsen breitmachte.

„Ah, ich beginne zu verstehen“, sagte er. „Ihr gehört alle drei zusammen. Ihr seid ein Team, ja? Und irgendwie seid ihr mit dem Schwarzen Piraten im Bund. Waldi und Walky – die Ähnlichkeit hätte mir auch selbst auffallen können. Na, euer liebestoller Freund hat jedenfalls ausgelitten, und ihr werdet bald denselben Weg gehen.“

Er erhob sich zum drittenmal und verließ entschlossen die Nische. Diesmal stellte sich ihm niemand in den Weg.

„Was gedenkst du zu tun, mein Freund Fe As2?“ rief Gnuvox ihm sorgenvoll nach.

Der Springer drehte sich noch einmal um und sagte: „Ich werde melden, daß ihr gegen das Gastrecht des Großen Hauses verstoßen habt. Aber wahrscheinlich wurde das ohnehin bereits von der Überwachungsanlage registriert. Ganz sicher wird man euch davonjagen – und damit geradewegs in die Hände meiner Leute. Wir sehen uns außerhalb des Großen Hauses.“

Damit verschwand er.

„Was habe ich mir da eingebrockt“, jammerte Gnuvox und klapperte furchterregend mit den Knochen. „Wir müssen sofort fliehen. Von 1909 Astraea können wir nicht mehr fort, denn man wird uns keine Homophoren überlassen. Es gibt nur eine Rettung.“

„Und die wäre?“

„Wir müssen versuchen, uns zu Emerigul durchzuschlagen“, antwortete Gnuvox. „Das ist ein Irrer Weiser, der auf 1909 Astraea lebt. Man meidet die Irren Weisen, weil sie unberechenbar sind. Aber wenn man weder ein noch aus weiß, darf man nicht wählerisch sein.“

Sie verließen die Nische und kämpften sich durch die Menge bis zu einem der Ausgänge der Schankstube durch. Annemy hatte ihren Schlüssel hervorgeholt und wandte sich nach links, als er Leuchtpfeile in diese Richtung verschoß.

„Der Weg geht hier lang!" rief Gnuvox von der anderen Seite. „Ihr könnt euren pelzigen Kumpel nicht mitnehmen. Dafür reicht die Zeit nicht."

„So viel Zeit müssen wir haben", sagte Annemy und zog ihren Paralysator. „Und wir werden alle schön zusammenbleiben, Gnuvox."

„Das auch noch", rief Gnuvox entsetzt. „Der Gebrauch von Waffen innerhalb des Großen Hauses kommt einem Todesurteil gleich."

„Für dich gewiß, Gnuvox, wenn du meinen Anordnungen nicht gehorchst", sagte Annemy kalt; sie war jetzt wieder ganz USO-Spezialistin. Äußerlich ließ sie sich nichts von ihren Gefühlen über Klacktons vermutlichen Tod anmerken. Aber das war noch nicht hundertprozentig – sie würde sich Gewißheit verschaffen, das war sie dem geliebten Tolpatsch schuldig.

Nach einer endlos scheinenden Odysee durch das Labyrinth von Gängen erreichten sie ihr Quartier. Aber das Zimmer war leer. Von Otto, dem Ottomanen, keine Spur.

„Kombiniere, daß Watson seinen Twilz zurückbekommen hat und uns im letzten Augenblick retten wird", sagte Billy the Kid voll Überzeugung.

Gnuvox teilte diese Meinung nicht. Er sagte:

„Den Pelzigen hat man schon abgeholt. Durch den Umweg hierher haben wir nur wertvolle Zeit vergeudet. Jetzt wird es uns an die Knochen gehen."

Aber seine pessimistische Prophezeihung bewahrheitete sich zum Glück nicht. Sie erreichten das stählerne Tor, den Ausgang des Großen Hauses, ohne Zwischenfall. Das Tor öffnete sich vor ihnen, und eine Automatenstimme verabschiedete sie mit den Worten:

„Wenn du über diese Schwelle trittst, dann verlierst du alle deine Rechte."

Draußen wartete bereits Löllingit Sternenklau mit drei Begleitern. Annemy wartete ihren Angriff nicht erst ab, sondern zog augenblicklich ihren Paralysator und schoß. Drei der Männer traf sie voll, sie brachen unter den Lähmstrahlen zusammen. Den vierten – und das war ausgerechnet Löllingit – verfehlte sie jedoch.

Sie merkte zu spät, daß außerhalb des Großen Hauses keine Gravitationsprojektoren für normale Bedingungen sorgten. Annemy machte eine zu heftige Bewegung, verlor den Boden unter den Füßen und kam in Schräglage. Dadurch veränderte sich der Schußwinkel, so daß sie Löllingit verfehlte. Als sie reagierte und ihren Mikrogravitator einschaltete, war der Springer längst schon hinter einem Wald aus spitz aufragenden Tropfsteinen verschwunden.

„Zu dumm, daß mir ausgerechnet der Anführer entkommen mußte", sagte Annemy bedauernd und nahm eine Feineinstellung an ihrem Mikrogravitator vor, so daß eine Schwerkraft von einem Gravo auf sie wirkte.

Gnuvox hatte kein solches Gerät zur Verfügung, aber er schien mit den neuen Bedingungen auch so gut zurechtzukommen.

„Bis der Gegner sich neu formiert hat, haben wir längst schon den Lebensbereich des Irren Weisen erreicht", sagte der Knöcherne und setzte sich mit majestätischen Sprüngen in Bewegung. „Und dorthin werden sich die anderen nicht wagen."

„Ich werde die Fährte aufnehmen", sagte Billy the Kid selbstsicher und folgte Gnuvox mit gezücktem Vergrößerungsglas.

Annemy war sicher, daß die ausgedehnten Tropfsteinhöhlen noch aus der Zeit vor der kosmischen Katastrophe stammten, die einen Planeten in 100.000 Stücke gerissen hatte.

Im Schein ihres Gürtelstrahlers funkelten und glitzerten die Tropfsteine in allen Farben des Regenbogens, sie reflektierten das Licht, das bei Annemys Bewegungen über die Höhlenwände flimmerte. Dadurch sah es aus, als sei das tote Gestein zu phantastischem Leben erwacht.

Sie kamen durch enge Felsspalten und überquerten tiefe Schluchten auf schmalen, bizarr geformten Felsbrücken. Dann wiederum durchquerten sie große Höhlen, die durch die schlank aufstrebenden oder herabhängenden Tropfsteine wie Kathedralen anmuteten. Sie passierten Engpässe und kletterten ausgezackte Kamine hoch, bis sie endlich in eine völlig veränderte Landschaft vordrangen.

Es war eine Landschaft aus halb verrottetem Kunststoff und patiniertem Metall. Gelegentliche glatte Flächen ließen erahnen, daß es sich um die Überreste einer längst vergangenen Technik handelte.

„Das ist der Lebensbereich von Emerigul, dem Irren Weisen", erklärte Gnuvox fast ehrfürchtig. „Er ist einer der wenigen, die den Gezeitenwechsel in wachem Zustand überstanden haben. Aber dieses Erlebnis hat seinen Geist verformt, so daß er nicht mehr mit normalen Maßstäben zu messen ist. Man erzählt sich viele Legenden über die Irren Weisen. Es heißt sogar, daß sie Kontakt mit den *Gegangenen* hätten, die einst den Planeten beherrschten, aus dem die Asteroiden hervorgegangen sind."

„Und welcherart Hilfe erwartest du dir von diesem Irren Weisen für uns?" erkundigte sich Annemy.

Gnuvox zuckte seine knöchernen Schultern.

„Ich habe keine bestimmte Vorstellung. Vielleicht verhilft uns Emerigul zu Homophoren, die uns zu einem anderen Asteroiden bringen können. Oder er gewährt uns während des Gezeitenwechsels in seiner Klause Obdach und verhilft uns zu Tiefschlaf. Oder . . .

ich weiß es nicht. Aber schlimmer kann die Lage für uns nicht mehr werden."

Im Licht von Annemys Scheinwerfer arbeiteten sie sich durch die bizarren Trümmer einer längst vergangenen Zivilisation. Annemy hatte manchmal das Gefühl, von unsichtbaren Augen beobachtet zu werden. Dann wieder glaubte sie, aus den Augenwinkeln eine Bewegung wahrzunehmen. Aber immer wenn sie hinblickte, war dort nichts als verwittertes Gestein, Metall und Kunststoff. Keine Spur von Leben.

Plötzlich gewahrte sie vor sich wieder eine Bewegung. An Gnuvox' Reaktion erkannte sie jedoch, daß sie sich diesmal nicht geirrt hatte. Denn der Knöcherne hielt an und hob wie in innerer Abwehr die Arme.

Vor ihnen tauchte eine schlanke Gestalt auf, die in einen prächtigen Homophoren gekleidet war. Aus dem lichtersprühenden Umhang ragte nur ein schmaler Schädel mit einem durchaus menschlichen Gesicht heraus. Die Haare waren von einem gebleichten Strohblond, die Haut besaß eine unnatürliche Blässe, die Lippen waren blutleer. Als der Mann die Lider öffnete, waren statt der Augen nur vernarbte Wucherungen zu sehen.

„Kombiniere", sagte Billy the Kid respektlos, „daß du Emerigul, der Irre Weise bist."

„So werde ich genannt", sagte die Erscheinung mit fester, volltönender Stimme, aus der leiser Spott mitklang. Die Stimme paßte irgendwie nicht zu der ätherischen Aura, die diesen Mann umgab. Um eine Spur belustigter fuhr er fort:

„Ich bin blind, aber ich sehe genug von euch, um zu wissen, daß ihr den Weg zu mir nicht gewagt hättet, würdet ihr euch nicht in arger Bedrängnis befinden. Es ist immer das gleiche, man kommt nur zu mir, wenn man nicht mehr weiter weiß."

„Das hat völlig uneigennützige Gründe, weiser Emerigul", sagte Gnuvox. „Wer würde es schon wagen, wegen irgendeiner Kleinigkeit zu dir zu kommen und deine kostbare Zeit zu stehlen."

„Daß meine Zeit kostbar sein soll, ist eines der vielen Ammenmärchen, die über unsereinen in Umlauf gesetzt werden", sagte Emerigul. „In Wirklichkeit ist es so, daß man uns, die Perihel mit wachem Geist erlebt haben, fürchtet, weil man glaubt, daß wir während der Gezeitenwechsel zu Monstren wurden und immer mehr mutieren. Vielleicht hat man diese Gerüchte auch absichtlich in Umlauf gebracht, weil man sich vor der Wahrheit fürchtet. Dabei wäre es nur gut, wenn alle Asteroidenbewohner erführen, was wirklich während des Gezeitenwechsels passiert. Wißt ihr denn, daß der Asteroidenschwarm während dieser Periode in den Untergang treiben wird, wenn nicht etwas dagegen unternommen wird? Nein! Ihr habt keine Ahnung, daß die Nullipara und ihre Karyatiden allein die Macht haben, uns alle vor der Vernichtung zu bewahren? Ihr wißt es nicht! Aber anstatt euch über die Hintergründe zu informieren und herauszufinden, worin die uralte Tradition der Asteroidenbewohner wurzelt, statt die Zusammenhänge verstehen zu lernen, wollt ihr euren Willen mit Gewalt durchsetzen."

„Das ist nicht wahr", verteidigte sich Annemy. „Wir wollen nichts mit Gewalt erzwingen. Wir haben auch nicht vor, verändernd in das Leben der Asteroidenbewohner einzugreifen. Ich bin bloß auf der Suche nach einem Mann, den es hierher verschlagen hat. Und er ist hier, weil er den sirenenhaften Verlockungen eines Mädchens aus den Felix-Asteroiden verfallen ist und . . ."

„Ich kenne diese Geschichte", unterbrach der Irre Weise sie, der, wie selbst Billy the Kid zugeben mußte, recht vernünftig sprach. „Aber willst du bestreiten, daß ausgerechnet dieser Mann unseren Lebensrhythmus zu verändern versucht? Er hat den Geist der Nullipara verwirrt und Gefühle für sich in ihr geweckt, so daß sie ihre Aufgabe nicht mehr erfüllen kann. Das aber wiederum bedeutet, daß wir alle dem Untergang geweiht sind. Wenn die Nullipara mit ihren Karyatiden versagt, werden die Felix-Asteroiden bei diesem Perihel der Sonne so nahe kommen, daß sie in diese stürzen. Und selbst die Kraftfelder aus dem fremden Kontinuum werden dies nicht verhindern können, wenn die Nullipara sich nicht rechtzeitig ihrer Verantwortung erinnert."

„Hm", machte Annemy und dachte fieberhaft nach. Wenn sie den Irren Weisen richtig verstand, dann hing alles nur von Walty Klackton ab. Wenn er freiwillig auf Lela verzichtete und sie sich demnach ihm nicht mehr verpflichtet fühlte, dann konnte sie ihrer Aufgabe nachkommen – welcherart diese auch immer war – und konnte die bevorstehende Katastrophe verhindern. Sie müßte nur mit Klack-Klack sprechen können, dann würde sie ihm schon die Flausen austreiben. Was er für Liebe hielt, war ohnehin nichts weiter als eine spätpubertäre Äußerung seiner bislang von seinem destruktiven Unterbewußtsein unterdrückten Libido. Das war ihre ehrliche Meinung.

„Wenn du die Möglichkeit hast, dann bringe mich mit Walty Klackton zusammen, Emerigul", sagte Annemy. „Ich verspreche dir, daß ihr dann aller eurer Sorgen enthoben seid."

„Ich kenne deine Überlegungen", sagte der Irre Weise. „Aber so einfach, wie du dir das denkst, ist es nicht. Es kommt weniger auf Walty Klackton als auf die Nullipara an. Nur ihre Gefühle sind maßgeblich. Aber ich sehe, da bietet sich eine Lösung an . . ."

Der Irre Weise verstummte und machte auf einmal einen abwesenden Eindruck. Gnuvox nutzte die Gelegenheit, um sein Erstaunen über den Lauf der Dinge zu äußern.

„Wenn ich gewußt hätte, wohin das führt, dann wäre ich euch auf 1001 Padernosta aus dem Weg gegangen", sagte er. „Ich muß sagen, daß mir die Sache langsam unheimlich wird."

Weder Annemy noch Billy gaben ihm eine Antwort. Der fehlprogrammierte Gauchoroboter war darin vertieft, die verrotteten Kulturzeugnisse einer untergegangenen Zivilisation mit dem Vergrößerungsglas zu untersuchen. Und Annemy konzentrierte sich auf den Irren Weisen, dessen Geist in ferne Gefilde abgewandert zu sein schien. Sie wagte es nicht, ihn in seiner Meditation zu stören.

„Ja", sagte er schließlich mit entrückter Stimme. „Das Problem ist gelöst. Es hat sich jemand gefunden, der den Platz der Nullipara einnimmt. Lela Sternenklau kann mit Walty Klackton gehen."

„Was?" entfuhr es Annemy. Sollten alle ihre Bemühungen vergeblich gewesen sein? Würde am Ende doch noch dieses durchtriebene Weibstück triumphieren und Klack-Klack heimführen können?

Annemy holte gerade Luft, um ihre Meinung dazu zu äußern. Doch bevor sie dazu kam, materialisierte plötzlich ein etwa eineinhalb Meter großes Pelzwesen vor ihr.

„Otto!" entfuhr es ihr beim Anblick des Ottomanen erstaunt. „Wie kommst du hierher?"

„Das kostete mich nur einen Twilz", sagte Otto launisch.

„Wie hast du ihn denn zurückbekommen?" wunderte sich Annemy.

„Ich brauchte den Homophoren nur zu versprechen, daß ich den Platz der Nullipara einnehmen werde, wenn sie mit Walty den Asteroidenschwarm verläßt", antwortete Otto. „Dem Glück der beiden steht nun nichts mehr im Wege – deine Zustimmung vorausgesetzt, Annemy. Aber ich bin sicher, daß du nichts mehr gegen diese Verbindung haben wirst, wenn du erst siehst, wie glücklich die beiden miteinander sind."

„Ich werde nie ...", begann Annemy mit erhobener

Stimme. Sie konnte jedoch den Satz nicht vollenden, weil es ihr auf einmal die Sprache verschlug. Sie ahnte, daß sie dies dem Eingriff ihres pelzigen Gegenübers mit dem launenhaften Twilz zu verdanken hatte, und das machte sie nur noch wütender.

„Bevor du dich festlegst, höre mich erst einmal an, Annemy", sagte Otto. „Ich möchte dir die Geschichte einer glücklichen Welt erzählen, die im Sterben lag und über die bei einem Rettungsversuch der Bewohner schreckliches Unheil hereinbrach. Es ist die Geschichte jenes Volkes, das die Asteroidenbewohner die *Gegangenen* nennen und deren Nachkommen die Homophoren sind ..."

9.

Mit seinem Twilz hatte er auch den Willen zum Leben verloren. Er hatte nicht mehr die Kraft zum Atmen. Er war zu keiner Bewegung mehr fähig und konnte keinen klaren Gedanken fassen.

Die Macht, die seinen Twilz absorbierte und nun auch seine physischen Kräfte in sich aufsog, verdichtete sich in demselben Maß, in dem seine Lebensenergien schwanden.

Diese Macht, die von Hunderttausenden von Mentalquellen gespeist wurde, wollte ihn töten.

Du bist der Feind!

Dabei war er sich keiner Schuld bewußt. Er hatte keine unlauteren Absichten. Er wollte nur helfen, wollte einem Freund Gutes tun.

Und damit würdest du das Verderben über uns bringen, denn ...

Die Macht, die aus dem geistigen Kollektiv von Hunderttausenden Homophoren gebildet wurde, vermittelte ihm Bilder von einer realen Begebenheit, die durchaus seinem Wunschdenken entsprach.

Er sah zwei Menschen. Einen Mann und eine Frau. Ein Liebespaar: Walty und Lela. Der ewige Unglücksrabe, der in späten Jahren doch noch sein Glück gefunden hatte, und die Nullipara, die Frau, die noch nie geboren hatte und die das Zusammenleben mit einem Mann nicht genießen durfte. Denn sie war für Höheres bestimmt.

Und doch sagte sie: „Ich liebe dich!"

Er sagte: „Ich liebe dich!"

Und so war es nach Ansicht des Ottomanen, dem das Geisteskollektiv der Homophoren den Twilz geraubt hatte, richtig – so und nicht anders mußte es sich fügen. Um jeden Preis!

Auch um den Preis von unzähligen Leben?

Liebe konnte nicht töten, das war seine Meinung. Liebe war die Kraft, die Leben erhielt und neues schuf.

Aber nicht in dieser Konstellation! Denn:

„Ich liebe dich!"

„Ich liebe dich!"

Und die Karyatiden umstanden das Liebespaar im Kreis. Sechsundsechzig Mädchen mit geöffnetem Geist. Sie bildeten einen Tempel aus Temporär-Energie, der so groß war, daß alle hunderttausend Asteroiden darin Platz hatten. Sie waren die Säulen, die das ganze gewaltige Gebilde kraft ihrer geschulten Gehirne erschaffen hatten und nun trugen. Sie waren Kraftwerk und Fundament der unsichtbaren Zeitblase, die die Asteroiden im Perihel vor den zerstörerischen Kräften des fremden Kontinuums schützen sollten. Und mehr noch – sie sollten die Kraftfelder umkehren, damit sie sich segensreich für die Asteroiden und ihre Bewohner auswirkten.

Es gab in der Temporärblase nur noch eine Lücke. Es war die Lücke, die die Nullipara auszufüllen hatte. Erst wenn sie den Reigen der Karyatiden schloß, würde das Zeitfeld die erforderliche Festigkeit bekommen, um allen zerstörerischen Gewalten trotzen zu können. Wenn sich diese Lücke jedoch nicht schloß, dann würde der Tempel wie ein Kartenhaus in sich zusammenfallen. Und niemand konnte verhindern, daß die hunderttausend Asteroiden entweder in die Sonne stürzten oder für immer in dem fremden Kontinuum verschwanden.

„Ich liebe dich!"

„Ich liebe dich!"

Es darf nicht wahr werden!

Obwohl er nicht mehr im Besitz seines Twilzes war, konnte er nun wieder klarer denken und die provozierende Frage stellen:

Ist es wirklich nötig, das Glück zweier Menschen zu zerstören? Gibt es keinen anderen Ausweg, um die Zukunft des Asteroidenschwarms zu sichern?

Es ging gar nicht darum, den Lebensbereich der Homophoren und der zweihunderttausend anderen Wesen in seiner jetzigen Form zu erhalten, erfuhr der verhinderte Twilzer. Sondern man wollte den ursprünglichen Zustand, der vor der kosmischen Katastrophe bestanden hatte, wiederherstellen. Der Langzeitplan sah vor, die Planetentrümmer durch einen rückwärtslaufenden Zeit-Effekt wieder zu einem homogenen Himmelskörper zusammenzufügen. Die kosmische Katastrophe also umgekehrt nachzuvollziehen. Dazu bedurfte es aber der Nullipara.

Der in geistigen Fesseln gefangene Twilzer sah eine Vision vor sich: Eine sterbende Sonne, die mit ihren schwachen Strahlen nicht mehr imstande war, das Leben des dritten Planeten zu erhalten. Die zum Tode verurteilten Bewohner dieser Welt lehnten sich gegen dieses Schicksal auf und versuchten, ihre Heimat und sich mit den Errungenschaften ihrer Technik zu retten. Sie wollten ihren Planeten auf eine andere Umlaufbahn bringen, näher an die Sonne heran, nahe genug, damit ihre schwächer werdenden Strahlen ausreichten, das Leben dieser Welt zu erhalten. In zweiter Phase sah der Langzeitplan vor, den Planeten in einer sich verengenden Spirale im selben Maße an den sterbenden Stern heranzuführen, in dem sich seine Leuchtkraft verminderte.

Das Unternehmen schlug jedoch fehl. Man verlor die Kontrolle über den Planeten und konnte nicht verhindern, daß er auf die Sonne zuraste und in deren Gravitationsfeldern in Trümmer gerissen wurde. Seit dieser Zeit zogen die Überreste der Welt der Glücklichen als Felix-Asteroiden auf ihrer exzentrischen Bahn durch das System der sterbenden Sonne.

Die überlebenden Homophoren aber hatten den Traum von einem Platz an der Sonne nicht aufgegeben. Sie hatten alles verloren, was sie sich in Äonen aufgebaut hatten – und mehr noch, die Heimat, aus deren Urschlamm sie hervorgegangen waren. Aber ihr Twilz war ungebrochen, wie es der Störenfried ausgedrückt hätte, der gekommen war, um ihren Traum zu zerstören.

Nichts liegt mir ferner, als euch zu schaden!

Es war ehrlich gemeint, gewiß, und doch war der Twilzer drauf und dran, den Asteroidenbewohnern den Todesstoß zu versetzen, indem er die Verbindung zwischen der Nullipara und einem verantwortungslosen Frauenheld förderte.

„Ich liebe dich!"

„Ich liebe dich!"

Darum bist du unser Feind! wisperte das vielhunderttausendfache Geisteskollektiv der Homophoren.

Es muß einen Ausweg geben! dachte Otto, der Ottomane.

Aber die Homophoren waren überzeugt, daß es für Gegenmaßnahmen längst zu spät war. Der Geist der Nullipara war vergiftet. Sie war nicht mehr gewillt, die Verantwortung zu übernehmen, und keine Macht konnte sie dazu zwingen, sich in den Reigen der Karyatiden zu begeben und die Lücke im Zeitfeld zu schließen. Ihre Gefühle zu Walty Klackton waren stärker als alles andere.

Wissen die beiden Liebenden, welche Konsequenzen sich aus ihrer Verbindung ergeben? fagte Otto.

Nein, antworteten die Homophoren, *aber es ist unsere letzte Hoffnung, daß die Nullipara zur Einsicht kommt, wenn wir ihr verraten, welche Verantwortung sie trägt.*

Das wollte Otto nicht zulassen. Er sah die Lösung des Problems auf einmal ganz klar vor sich.

Gebt mir meinen Twilz zurück, dann kann ich Lelas Platz einnehmen! schlug er vor. *Oder traut ihr mir nicht zu, daß ich die Nullipara würdig vertreten kann?*

Der mentale Druck wich zurück, so daß er wieder frei war und unbehindert twilzen konnte.

Du hast einen ausreichend starken Twilz, wisperten die Homophoren. *Aber wenn du die Stelle der Nullipara einnimmst, dann wirst du mit uns für immer auf eine andere Zeitebene abwandern. Willst du dieses Opfer wirklich bringen?*

„Nur wenn ihr Walty nichts von unserer Abmachung sagt!" stellte Otto seine Bedingung. Dann twilzte er zu Annemy. Er hatte etwas Lampenfieber vor dieser Begegnung, denn er kannte Annemys verdrängte Gefühle zu Walty und wußte, daß sie mehr Schwierigkeiten als die Homophoren machen würde.

Doch Otto machte sie mittels seines Twilzes einfach mundtot und erklärte ihr die Zusammenhänge.

„Wie konnte ich wissen, daß es den beiden so ernst ist", sagte Annemy schließlich mit belegter Stimme. Sie straffte sich. „Und überhaupt, was heißt, auf Klack-Klack verzichten? Mir ging es nur darum, ihn vor einer Dummheit zu bewahren. Meinen Segen hat er ganz gewiß! Im Vergleich zu dir bringe ich ein wahrlich bescheidenes Opfer, Otto. Aber du mußt selbst twilzen, was du tust."

„Kombiniere, daß das Happy-End gesichert ist", äußerte sich Billy the Kid. Bekümmert fügte er hinzu:

„Nur schade, daß ich meinen Freund Watson verliere. Wer wird denn von nun an Tagebuch über mein Fälle führen und sie für die Nachwelt aufzeichnen? Gnuvox, wie wäre es, wenn du ... Gnuvox, wo bist du?“

Der Knöcherne hörte den Ruf wohl, aber er stellte sich taub. Er versteckte sich in einem Spalt zwischen zwei Metallplatten und hoffte inständig, daß man ihn nicht fand. Er wollte mit dieser Bande von völlig Verrückten, die schlimmer waren als alle Irren Weisen zusammengenommen, nichts mehr zu tun haben.

Er hörte den Pelzigen, der sich plötzlich für die Nullipara hielt, noch sagen: „Ich twilze euch zuerst an Bord der WINDPOCKEN, dann bringe ich Walty und Lela nach. Dort wird sich mir schon eine Gelegenheit bieten, mich unbemerkt aus dem Staub zu machen. Dir wird schon etwas einfallen, Annemy, wie du Walty alles schonend beibringen kannst.“

Der Rest war Schweigen. Als sich Gnuvox nach einer Weile aus seinem Versteck wagte, stellte er erleichtert fest, daß das seltsame Trio verschwunden war. Er durfte sich zwar im Großen Haus nicht mehr blicken lassen und hatte sich die Sternenklaus zu Feinden gemacht. Aber das war nichts im Vergleich zu dem, was ihm geblüht hätte, wenn er mit diesen Verrückten gegangen wäre. Wenn es stimmte, daß sich die Felix-Asteroiden wieder zu einem einzigen Himmelskörper vereinen würden, dann ließe es sich in Zukunft hier doch recht angenehm leben.

Mit dieser Hoffnung machte sich Gnuvox auf die Suche nach dem Irren Weisen, um von ihm einen Homophoren und einen Schlafplatz zu erbitten.

Die Welt versank um sie.

Sie merkten schon längst nicht mehr, daß sie sich im Zentrum des Kreises aus wie zu Stein erstarrten Karyatiden befanden. Es störte sie nicht, daß sich außerhalb der unsichtbaren Barriere die Tempelwächter unter Kryolith Sternenklaus Führung zusammenscharten und mit wütendem Geschrei und schwingenden Waffen auf sich aufmerksam machen wollten. Sie waren in ihrer eigenen Welt gefangen. Sie waren sich selbst genug.

„Ich liebe dich!"

„Ich liebe ..."

Klackton verstummte plötzlich, als ihm bewußt wurde, daß die Umgebung sich verändert hatte. Der Zauber war verflogen, die brutale Wirklichkeit hatte die Liebessphäre zerstört.

Sie fanden sich in der nüchternen Kommandozentrale eines Raumschiffs wieder. Neben einigen unbekannten und feindselig wirkenden Gesichtern entdeckte er auch einige vertraute.

„Billy ... Otto ... wie – was ist passiert?" stotterte er, während er sich im Kreis drehte. Und dann traf es ihn wie ein Blitz. „Annemy!"

Sie kam lächelnd zu ihm, küßte ihn auf die Wangen und drückte ihm dabei die Hand.

„Darf ich dir als erste gratulieren, Klack-Klack?" sagte sie warm. „Ich bin froh, daß du endlich eine Frau fürs Leben gefunden hast. Ich hoffe nur, du weißt dieses Glück zu schätzen. Versprich mir, daß du zu Lela immer gut sein und dein destruktives Unterbewußtsein ihr gegenüber so im Zaume halten wirst wie bei mir." Sie küßte ihn wieder. „Viel Glück, Klack-Klack. Und das meine ich ehrlich!"

Sie wandte sich schnell ab, damit er nicht sehen konnte, wie ihre Augen feucht wurden. Sie war ganz gerührt, und da sie fand, daß das nicht zu ihr paßte, wollte sie es niemanden merken lassen. Oder war es etwa nicht Rührung allein, sondern auch ein Schuß Wehmut? Aber was redete sie sich da ein. Ihr hatte noch nie etwas an Walty gelegen. Er war einfach unmöglich. Sie sollte froh sein, daß dieses Kapitel endlich abgeschlossen war. Jetzt konnte sie wenigstens Anselm Alabasta ohne Gewissensbisse heiraten. Oder irgendeinen anderen.

„Ist etwas?“ erkundigte sich Hampshire Brown, der Kommandant der WINDPOCKEN, als er merkte, daß Annemy ihn so seltsam anstarrte, sozusagen mit einem weinenden und einem lachenden Auge.

„Mir ist eben aufgefallen, daß Sie ein ungewöhnlich attraktiver Mann sind, Hamp,“ sagte Annemy. Bevor sie jedoch fortfahren konnte, kam Otto zu ihr und flüsterte ihr zu:

„Lenke Walty für eine Weile ab, damit ich zurück nach 1 Paradiso twilzen und den Platz der Nullipara einnehmen kann.“

Annemy versprach es und wollte das Versprechen auch halten. Aber da stand ihr auf einmal Lela Sternenklau im Wege.

Die beiden ehemaligen Rivalinnen sahen einander eine Weile wortlos an, bis Annemy auf einmal die Arme ausbreitete und das Mädchen an sich drückte.

„Ich komme mir ja so schäbig vor“, sagte sie. „Ich war egoistisch und engstirnig und grausam. Aber das wird jetzt alles anders, kleine Lela. Machen Sie Walty glücklich, ich werde euch nicht im Wege stehen. Nehmen Sie ihn, wie er ist. Versuchen Sie nicht, ihn umzuformen und ihn in eine andere Rolle zu pressen. Er ist vielleicht weniger Mann als andere Männer, aber gerade seine kleinen Fehler machen ihn so liebenswert ...“

Lela sah irritiert auf. Diesen Gefühlsausbruch hätte sie von dieser vermeintlichen Rivalin nicht erwartet.

„Aber Sie weinen ja, Annemy“, stellte sie fest.

„Nur aus Freude. Ich bin ja so froh ...“

Und wieder drückte sie Lela ungestüm an sich.

„Was haben die beiden nur“, sagte Walty Klackton und trat nervös von einem Bein auf das andere, während er die beiden Frauen mißtrauisch beobachtete. „Es will mir gar nicht gefallen, daß sie so miteinander tuscheln. Otto, was hältst du davon?“

Der Twilzer, der sich gerade anschickte, die Kommandozentrale zu verlassen, um von einem abgeschiedenen Örtchen nach 1 Paradiso twilzen zu können, zuckte beim Klang der vertrauten Stimme zusammen.

„Was meinst du, Walty?“ sagte er. „Ach so, Annemy und Lela. Es ist doch schön, daß die beiden sich mögen.“

„Ich weiß nicht ...“ Klackton wurde immer nervöser, je länger die Frauen zusammenblieben. „Was haben sie sich denn zu sagen? Ich meine, es wäre doch natürlicher, wenn sie sich in die Haare gerieten. Diese Freundlichkeit und das gegenseitige Verständnis – das alles kann doch nur geheuchelt sein! Otto, was twilzt du?“

Der Twilzer zuckte wieder zusammen. Er hatte nicht mehr viel Zeit, denn in wenigen Minuten würden die Felix-Asteroiden den kritischen Punkt erreichen. Dann mußte er zur Stelle sein.

„Alles in Ordnung, Walty“, sagte er unruhig und begann, wie Klackton, von einem Bein aufs andere zu treten. „Ich twilze, daß Annemy deiner Braut einige ehrlich gemeinte Ratschläge gibt. Annemy ist wirklich sehr großmütig. Ich hätte nicht gedacht, daß sie dich so leicht freigibt.“

„Was soll der Unfug, Otto.“ Klacktons Adamsapfel begann in schnellerem Rhythmus zu hüpfen. „Was heißt, Annemy gibt mich frei? Sie hat mich ja nie gewollt.“

„Doch, Walty“, sagte Otto ernst. „Sie hat sehr an dir gehangen, und irgendwie tut sie es noch immer. Aber sie verzichtet zugunsten Lelas großmütig auf dich. Das twilze ich. Jetzt, *erst in diesem Moment*, hat sie dich endgültig aufgegeben.“

Klackton sah, daß die beiden Frauen endlich voneinander abließen. Annemy wandte sich abrupt um und eilte davon. Als sie an Klackton vorbeikam, murmelte sie mit halb erstickter Stimme:

„Brova-brova, Klack-Klack.“

Klackton streckte die Arme nach ihr aus. Aber da

war sie auch schon weg. Er stand noch immer in dieser Haltung da, als Lela zu ihm kam.

„Ich glaube, jetzt kann ich mich zurückziehen“, sagte Otto aufatmend.

„Nein, warte“, verlangte Lela und hielt den Ottomanen am Schulterpelz fest, damit er ihr nicht entwischen konnte. Dabei sah sie Klackton mit seltsam verschleierten Augen an.

„Ist alles in Ordnung?“ fragte Klackton unsicher.

„Ja, jetzt schon“, sagte Lela mit erstickter Stimme. Sie biß sich auf die Lippen. „Walty ... wie soll ich es ausdrücken ... Walty, ich habe erkannt, daß ... ach, mach nicht so ein Gesicht. Es ist zum Heulen!“

„Was ist zum Heulen?“ wollte Klackton wissen. Er fühlte sich auf einmal unbehaglich. Er hatte das Gefühl, daß ihm das Glück, das er eben noch mit beiden Händen festgehalten hatte, zwischen den Fingern zerrann.

„Es geht nicht!“ Lela schrie es fast. „Ich bin dich nicht wert. Mir ist gerade erst klar geworden, daß Annemy viel besser zu dir paßt. Sie hat ältere Rechte. Es war egoistisch und grausam von mir, daß ich dich ihr weggenommen habe. Ich komme mir ja so schäbig vor!“

„Aber ... Lela“, stammelte Klackton ratlos. Er wollte ihr versichern, daß Annemy keinerlei Rechte auf ihn hatte, und wollte im gleichen Moment fragen, ob es denn wahr sei, daß Annemy irgendwelche Andeutungen in dieser Richtung gemacht habe.

„Walty, ich muß auf dich verzichten“, sagte Lela fest. „Ich würde sonst mein Lebtag keinen Frieden finden. Ein Fluch würde auf mir lasten ... Leb wohl, Walty. Otto, twilze mich nach 1 Paradiso zurück. Schnell!“

Otto twilzte, daß es ihr damit ernst war, und kam ihrer Aufforderung nach. Beide verschwanden sie. Als Otto wenig später allein in der Kommandozentrale der WINDPOCKEN materialisierte, stand Klackton immer noch am gleichen Platz. Und wieder hatte er dieselbe

Haltung wie bei Annemys Abgang, als wolle er etwas einfangen, das flüchtig wie ein Hauch war und illusionär wie ein Traum.

„Jetzt sind sie beide für mich unerreichbar", stellte er wehmütig fest.

Wie wahr, Walty, wie wahr, twilzte Otto bei sich, dessen Opferbereitschaft gegenstandslos geworden war, weil Lela selbst wieder die Verantwortung der Nullipara übernommen hatte. Und der Twilzer dachte: *Du hast es der Großmut deiner beiden Traumfrauen zu verdanken, daß du nun wieder allein bist.*

Der Kommandant kam zu Klackton und baute sich in einem Sicherheitsabstand vor ihm auf.

„Ich muß Sie in Gewahrsam nehmen, Korporal Klackton", sagte er in dienstlichem Ton. „Sie werden nach Quinto-Center gebracht und dort vor ein Kriegsgericht gestellt. Die Anklage lautet auf Meuterei und Desertion ..."

Klackton hörte ihm nicht zu. Er starrte auf den Panoramabildschirm, wo zu sehen war, wie der langgestreckte Schwarm der Felix-Steroiden verschwand. Und mit ihm Lela ...

„Haben Sie zu diesen Anschuldigungen noch irgend etwas zu sagen, Korporal Klackton?" fragte die strenge Stimme des Kommandanten. Klackton war nicht in der Lage, auch nur einen Ton zu sagen. „Dann führt ihn ab!"

Ich muß ihm helfen, dachte Otto. *Wenn ich ihm schon nicht zu einer Frau verhelfen konnte, dann muß ich ihn wenigstens vor einer Verurteilung durch das Kriegsgericht bewahren.*

Walty Klackton wurde in allen Punkten der Anklage freigesprochen. Die Verhandlung, die für drei Tage anberaumt war, dauerte nur volle drei Stunden. An dem Tatbestand, daß Korporal Klackton ein USO-Schiff gekapert und unbefugt für private Zwecke eingesetzt hatte, konnte zwar nicht gerüttelt werden, aber man ließ eine Reihe mildernder Umstände gelten.

Für Korporal Klackton sprachen auch die Aussagen des Kommandanten und der Mannschaft der ROBINSON, die versicherten, daß sie sich in keiner Weise durch Klacktons Handlungsweise genötigt gefühlt hatten. Denn, so erklärten sie unisono, Klackton schien in dem guten Glauben gehandelt zu haben, daß für das Raumschiff tatsächlich Explosionsgefahr bestanden hätte. Es mochte sein, daß sie nur zu Klacktons Gunsten aussagten, weil sie sich vor Repressalien seines destruktiven Unterbewußtseins fürchteten. Denn, und dazu beglückwünschten sie sich gegenseitig, es hätte sie auch weit schlimmer treffen können. Was war es schon, einige Tage in den Beiboothangars eingesperrt zu sein, gegen das, was Klackton mit unzähligen anderen Opfern angestellt hatte. Es war im Grunde genommen nichts passiert.

Atlans Schlußplädoyer gab schließlich den Ausschlag. Es war ein einziges Loblied auf den ewigen Korporal, in dem nicht nur seine zahllosen Verdienste für die USO hervorgehoben wurden, sondern in dem er auch als unschuldiges Opfer seines eigenen paraorientierten Unterbewußtseins hingestellt wurde. Alle, die dieses Plädoyer hörten, wunderten sich darüber, mit welchem Engagement der Arkonide eine Lanze für sein Sorgenkind brach – und daß er dabei selbst auf die harmlosesten Spötteleien verzichtete.

Nach seinem Schlußwort kam Atlan zu seinem Korporal, schüttelte ihm die Hand und lud ihn zusammen mit Annemy zu einem vertraulichen Gespräch in seine Privaträume ein.

„Brova-brova, Klack-Klack“, sagte Annemy sarkastisch. „Jetzt hast du selbst den unerschrockenen Kristallprinzen soweit gebracht, daß er dich wie die Pest fürchtet und es nicht wagt, dich zu verurteilen. Darauf kannst du stolz sein.“

„Annemy", sagte Klackton kläglich und nahm dann allen Mut zusammen. „Ich muß mit dir reden. Es gibt zwischen uns noch einiges zu klären. Ich . . . du weißt schon, wegen Lela und . . ."

„Das Kapitel ist für mich abgeschlossen", sagte Annemy unnahbar. „Wir beide haben nichts mehr miteinander zu schaffen. Oder glaubst du, daß ich dein Notnagel sein möchte, nachdem Lela dir den Laufpaß gegeben hat?"

Damit wandte sie sich ab und eilte davon. Klackton stakste, ununterbrochen auf sie einredend, hinter ihr drein. Aber sie tat, als sei er Luft für sie.

Sie erreichten Atlans Privaträume und wurden eingelassen. Er saß hinter seinem Arbeitstisch, die beiden Besuchersessel waren in ungewöhnlich großer Entfernung von ihm aufgestellt.

„Kommen Sie mir bitte nicht zu nahe", sagte der Arkonide mit krächzender Stimme. „Ich habe eine überaus ansteckende Krankheit und sollte mich eigentlich in Quarantäne begeben. Aber diesen Triumpf möchte ich mir nicht engehen lassen." Dabei funkelte er Klackton aus seinen Albinoaugen an. „Ich werde bei der Verhandlung den Vorsitz selbst führen, und es wird mir eine besondere Freude sein, das Urteil verkünden zu dürfen. Diesmal bekommen Sie Ihr Fett ab, Korporal Klackton!"

Annemy und Klackton sahen einander verwirrt an. Nicht nur, daß Atlan auf einmal ganz anders redete als noch vor wenigen Minuten – er tat gerade so, als hätte er die Geschehnisse der letzten drei Stunden aus seinem Gedächtnis gestrichen.

„Entschuldigen Sie, Sir, aber gerade wirkten Sie noch kerngesund", warf Annemy ein. „Was ist das denn für eine Krankheit, die über Sie gekommen ist."

„Windpocken!" sagte Atlan knirschend.

„Das kenne ich", rief Klackton. „Als Siebenjähriger war ich auch mal davon befallen . . ."